大河の剣（一）

角川文庫
22295

目次

第一章　やんちゃ坊主

一

「甚三郎（じんざぶろう）さん！　甚三郎さん！」

戸口から大きな声が聞こえてきた。

「いるのかい？　いないのかい！」

また別の声がした。

奥の座敷で帳面を見ていた甚三郎は、

「ここにおる！　いま行く！　待っておれ」

まったくなんの騒ぎだとぼやきながら腰をたたいて立ち上がると、客座敷を抜けて戸口に行った。

村の百姓が三人。いささか怒気を含んだ顔で立っていた。

「なんの用だね？」

「用もなにもないですよ。お宅の倅、大河をどうにかしてくれませんか。うちの倅をこっぴどくいじめやがるんで、おれが行ってどやしつけると、土塊を投げて弱いもんが悪いんだと開き直る。どうにも始末におえんのですよ」

公造という男は心底弱り切った顔をして訴える。

「わしの畑は荒らされ放題です。馬に乗って畦道を走るのはいいけど、畑のなかに乗り入れるんです。怒鳴ると、高笑いをして山んなかに逃げて行きやがった」

新兵衛というこの男は、村役のひとりで組頭だった。

「畑を荒らしたのか……」

甚三郎はため息をついて、

「それはすまぬことをした。二度とやらぬように、よくよく言って聞かせる。どうか勘弁してくれ」

と、深々と頭を下げるが、

「毎度毎度じゃねえですか。もうなんべん同じ苦情を言ってると思ってんです。首に縄でもつけて、この屋敷から出ないようにしてもらわねえと、迷惑もいいところだ。名主の倅だからって遠慮なんかできねえんです。躾はどうなってんです。まったく大河のおかげで、この村は荒らされ放題なんですよ」

顔を真っ赤にして、怒り心頭に発した顔でまくし立てるのは米吉という百姓だった。

「すまぬ、よくわかっている。よく言い聞かせておとなしくさせる」

「おとなしくなってくれりゃいいけど、ほんとうに頼みますよ」

「わかった。勘弁だ。すまぬ」

甚三郎は頭を下げるしかない。こういった苦情が日常茶飯事になってきた。正直、甚三郎自身、自分の倅といえど大河には手を焼いているのである。

三人の百姓はそれでも気が治まらないらしく、一言二言苦言を付け足して帰っていった。

「また、大河ですか……」

土間奥から女房のお久が、野菜を入れた笊を抱え持って出てきた。

「困ったもんだ。このところ毎日のように苦情だ。これじゃ、わしの名主としての顔が丸つぶれだ。一度や二度ならまだしも……」

甚三郎は大きなため息をつき、その場にへたり込むように座った。

「わたしも言われました。新吉さんに、暮れに作った干し柿を半分盗まれたと。その前は小川の堰を勝手に開けて、麦畑に水を入れてしまったと」

「なに、そんなことを……」

甚三郎は目をまるくしてお久を見る。

「その前も大河は悪さをしています」

「なんだ？」

「戒助さんの家の裏に竹林があるでしょう。その林のなかの竹を刀で斬りつけて、めちゃくちゃにしたらしいんです」

「刀はどうしたんだ？」

「あなたの部屋から持ち出したようです。その刀は使い物にならないほど刃こぼれをしていると戒助さんが言っていました」

「なんだと！　あの刀は父祖伝来の……ううっ、なんてことをしてくれる」

甚三郎は顔面を紅潮させて拳をにぎりしめた。

「くそ、あの悪がきめ。今夜はいやってほどとっちめてやる。で、いまどこにいるんだ？」

「さあ」

お久は首をひねる。

その頃、大河は馬を走らせ小高い山に上っていた。そこから見える景色が好きなのだ。北に目を向けると、川越城がかすかに見える。城下に立つ火の見櫓がその下にちょこんとのぞいていた。

天気がよく空気が澄んでいれば、遠くに富士山を見ることもできる。

「大河さん、大河さん！　どこだよ！」

麓のほうから声が聞こえてきた。

年下の友達が追いかけてきているのだ。

「ここだ！　もう下りる。これから河岸に行くぞ。ついてこい！」

大河は馬の腹を蹴り、坂道を下りはじめた。馬は農耕馬である。鞍もつけていない裸馬だが、大河はやっと乗り慣れてきたばかりだった。馬はおとなしく大河に従っているが、持ち主は同じ寺尾村の百姓勘兵衛だった。

隘路となっている坂道の両側から、行く手を塞ぐように木の枝や竹笹が伸びている。大河はそれらを木刀で払いながら下りていった。

「なんだ、こんなところにいたのか」

いまや手下となっている村の子供四人が、岩の上に腰を下ろして休んでいた。それぞれ腰に手造りの木刀を差している。藁草履に擦り切れた着物を端折り、髪は伸び放題の〝がっそう〟だ。大河だけは束ね髪にしている。

「そりゃないよ。大河さんは馬だもん。おれたちゃ走っているんだから」

息を喘がせながら言うのは幸助という子で、目が大きく出っ張っているからみんなに「出目助」と呼ばれている。

「ああ、もう疲れたよ」

金次という子が言う。大河は十三歳だが、その子たちはひとつか二つ下だった。

「河岸に行くって、これからほんとうに行くんですか？」

くたびれた顔で言うのは天吉という子だった。

「ああ、そろそろ舟が着く頃だ。岩じいさんの手伝いだ。休んでねえで行くぞ」

大河はゆっくり馬を進める。仲間があきらめたようについてくる。大河の言う〝岩じいさん〟とは、村で米屋を営んでいる岩太郎という年寄りだった。

米屋と言っても岩太郎は仲買人で、村の百姓たちから買い上げた米を津出ししているのだった。

日は西にまわり込んでいるが、日没まではまだ間があった。

馬に乗った大河と四人の仲間は、畑の広がる畦道をゆっくり東に向かった。村の東を新河岸川が流れており、川越五河岸のひとつ寺尾河岸があった。

大河たちがめざすのは、その河岸の手前にある岩太郎の家である。

それは日枝神社の脇を過ぎてしばらく行ったところだった。

「こら！　やっぱてめえか！」

一方の畑から鍬を振りあげ、血相変えて怒濤の勢いで駆けてくる百姓がいた。

大河はその百姓を見て、目をみはった。

「勘兵衛さんだ」

驚き声を漏らしたのは吾作だった。

二

「大河さん、どうする？」

出目助の幸助が慌て顔を向けてきた。

大河は怒り顔で駆けてくる勘兵衛を見て、小さく嘆息した。

「仕方ねえな」

そういうなり、ひらりと馬から下りると、手にしていた鞭代わりの木の枝で、馬の尻をぺしりとたたいた。ヒヒンと馬は小さくいなき、そのまま村道を西のほうへ駆けていった。

「あッ！」

勘兵衛が立ち止まり、大河と自分の馬を見て、

「このくそガキども！」

と、目くじらを立てて怒鳴るなり、「待てー！」と、自分の馬を追いかけていく。

その慌てぶりがおかしくて大河たちは互いに顔を見合わせて笑いあった。

だが、大河はすぐに、

（こりゃあまた雷を落とされるな）

と、父甚三郎の顔を脳裏に思い浮かべた。それも仕方ないかと肚をくって岩太郎の家に向かった。

みんなに〝岩じい〟と呼ばれている岩太郎の家は、寺尾河岸から五町ほど手前にあった。家の近くまで行くと、岩太郎が大八車に米俵を積み終えたところだった。

「おお、おまえたち来てくれたか」

岩太郎は大河たちを見て、干し柿のような顔をさらにしわくちゃにする。腰が曲

がりかけ、片足を引きずっている老人である。

「今日はずいぶん多いですね」

大河は大八に山積みになっている米俵を見て言った。

「ああ、蔵のなかを空っぽにした。これで半年はのんびりだ。さあ手伝ってくれ」

岩太郎に言われた大河たちは、みんなで大八を押したり引いたりした。

ガラガラと車輪の音をさせて、河岸場から村内につづいている河岸道を進む。夕日がみんなの背中を染め、影が長く伸びていた。

寺尾河岸には最も大きい二十石積みの舟の他に、二百五十俵積みや二百俵積みの舟が十数艘あった。いずれも帆を立てて搬送できるひらた舟だ。

江戸に津出しされるのは米や麦、薩摩芋などの農産物と材木で、江戸からは肥料や小間物や油・砂糖などが運搬されていて、江戸前の鮮魚が喜ばれた。

このほかに旅人や商人を乗せる早舟があった。舟は天候に左右されるので、七日から二十日ほどかけて江戸と川越を往復していた。

河岸場には問屋が六軒ほどあり蔵がある。その他に飯屋や茶屋があった。

大河たちは一軒の蔵の前まで大八を運ぶと、岩太郎の指図を受けて蔵のなかに米俵を運び込んだ。この手伝いはちょっとした小遣い稼ぎだ。

ひと仕事終えると、帳面を持った問屋の手代と岩太郎の取引が終わるのを待つ。

「さあ、帰るぞ」

しばらくして、岩太郎が顔に喜色を浮かべて戻ってきた。掛け合いはうまくいったようだ。

大河たちは来た道を空の大八を押して戻る。

「岩じいさん、明日は剣術を教えてくださいよ」

大河は岩太郎に請う。

「ああ、明日からは暇だ。みっちり稽古をつけてやる」

すると、他の仲間もおれもおれもと岩太郎にせがむ。

「わかっておる、わかっておる」

嬉しそうに答える岩太郎は、元は川越藩松平家に仕えていた同心で、姓を原田といった。剣術の腕前がいかほどかはわからないが、岩太郎は大河の師匠になっていた。

「さあ、ご苦労であった」

岩太郎が財布を取り出すと、大河たちは目をきらきらさせてそばに行き、わずかな小遣いをもらう。

「それじゃみんな、また明日だ」

岩太郎の家をあとにした大河は仲間に告げて、自分の家に足を向けた。

ときどき腰の木刀を抜き、道端にある木の幹をたたき、枝を折る。

（強くなりてぇ……）

大河の胸のうちには強い思いがあった。

その思いは、半年前に城下にある道場を訪ねたときにさらに強くなった。

いきなり道場を訪ねて、門弟になりたいと申し出たのだ。誰に相談すればよいかわからないので、道場玄関に入ったところで大声を張った。

板張りの道場では十数人の門弟たちが稽古に汗を流していたが、いきなり発した大河の声で一斉に動きを止めた。

「なんだ？」

体の大きな門弟がつかつかとそばにやって来て、めずらしそうに大河を眺めた。

「ここの門人になりたいのです。弟子にしてもらえませんか」

大河は相手に挑むような目を向けて頼んだ。

「弟子に……」

「そうです」

目の前の門弟は小さく笑って、

「名は？」

と、問うた。

「山本大河です」

「ほう、侍の子であったか……」

大河は藁草履に膝切りの古着だし、髪を後ろで束ねているだけだから意外に思ったようだ。

「侍の子ではありません。寺尾村の名主甚三郎の長男です」

「なんだ、百姓の倅か」

相手は馬鹿にしたような薄笑いを浮かべた。

「百姓でも、名主です。父親は苗字帯刀を許されています」

「さようか。だが、無理だ」

大河がかっと目をみはると、相手は言葉を足した。

「この道場には松平家中の門人しかおらぬ。よってその門人の子弟以外は入門できぬ。百姓町人ならなおのことだ。悪いことは言わぬ。名主の長男であれば、いずれ跡を継ぐのであろう。剣術は無用のはずだ。帰って父親に名主のいろはを教わることだ。それがそなたのためだ。さ、帰れ」

相手はそう言うと、背を向けて門弟らに稽古をつづけるように声を張った。

「待ってください！」

またもや大河の大声で、みんなが動きを止めて見てきた。

「では、誰かおれの相手をしてください。勝ったらこの道場に入れてください。それではいけませんか？」

大河は真剣だった。きらきらと黒く澄んだ瞳で門弟らをにらむように眺めた。みんなあきれ顔をしていたが、少し思案顔をしたさっきの男が近づいてきた。

「剣術の心得はあるのか？」

「……少し」

「ふむ、まあよかろう。わたしは杉崎要介と申す」

「杉崎要介……」

大河が小さく復唱すると、

「誰かこの小僧の相手をしてやれ。そうだな。田倉、おぬしが立ち合え」

と、若い門弟に言いつけた。このことに他の門弟が慌てた。

「杉崎さん、他流試合はできませんよ」

とか、

「無茶なことはやめるべきです」

と、引き留めたが、

「なにを申す。この小僧は道場にも入っておらぬのだ。流派などなかろうし、かまうことはない。教えてやれば納得するであろう」

杉崎はそう応じてから、大河に上がれとうながした。

道場に上がった大河はいきなり竹刀をわたされた。そして、田倉という若い門弟が目の前に立った。若いといっても十二歳の大河より十歳ほど上の大人だ。

「どこからでもかかってこい」

田倉はすっと竹刀を構えた。大河も構えて前に出た。

「たーっ！」

気合いを発して打ちかかった。だが、あっさり小手を打ち返された。

大河はむむっと、口を引き結んでさらに、右面左面と打っていった。軽くあしらわれた。腰がふらつくと、尻を蹴られて道場の羽目板に頭からぶちあたった。

見物している門弟らが大笑いした。田倉も余裕の体で、口許に笑みを浮かべていた。

なにくそと思って、大河は再び向かっていった。だが、今度は胴を打たれた。さらに背中にも一撃。痛みを堪えて振り返ると、小手を打たれた。手が痺れてそのまま竹刀を落とした。道場内に爆笑が起こった。

「よし、それまでだ」

杉崎の制止で、田倉は竹刀を納めて下がった。

大河は呆然としていた。悔しさとみじめさ。馬鹿にするような笑い。もちろん完敗なのはわかっていた。自分の竹刀は田倉の体に、一度も触れなかったのだ。

「わかったであろう。さあ、あきらめて帰るのだ。余興はこれまでだ」

大河はなにも言い返せなかった。その道場にいる門弟ら全員に怒りを感じたが、それよりも自分自身に腹を立てていた。

尻尾を巻いて逃げる負け犬のように道場を出ると、目を厳しくして振り返った。

(必ず強くなって帰って来てやる)

そう心に誓った。

大河はあのときの屈辱をいまでも忘れていない。だから、誰にも話していなかった。剣術の師匠である岩太郎にもないしょにしていた。

「ただいま」

と言って、敷居をまたいで戸口に入ったとたん、

「大河！　どこをほっつき歩いていた！　ここへ来い！」

と、いきなり父甚三郎の怒声が飛んできた。

三

「ここに来て座れッ」

甚三郎は座敷からすごい形相でにらんで、目の前の畳を指先で強くつついた。大河は逆らうことができず、おずおずと甚三郎の前に腰を下ろす。

「馬鹿もん！」

怒鳴り声といっしょに張り手が飛んできて、大河は横に倒れた。頬をさすって座り直すと、今度は脳天に拳骨（げんこつ）を見舞われた。

「痛（いて）ェ……」

頭をさすりながら腰を前に折った。

「痛くて当然だ！　おまえのおかげで、わしは村の百姓たちに頭の下げどおしだ。今日は勘兵衛の馬を黙って乗りまわしていたそうだな」

「…………」

「今日だけではない。何度もあの馬を乗りまわしていた。それも他人の畑を荒らしてしまった。作物が台なしになったと苦情があった。なぜそんなことをする」

「馬が好きなんです」

「馬鹿もん！　あの馬は勘兵衛が畑を耕したり荷物を運んだりする大事な馬だ。その大事な人様の馬を勝手に連れ出して、村を駆けまわっていたそうではないか。その前は戒助さんの竹山に行って、竹を散々切り倒したらしいな。それも父祖伝来の刀を持ち出していた。その刀は刃こぼれがひどくて、もう使い物にならんではないか。見ろ」

甚三郎は刃こぼれの激しい刀を、背後から取り出して、脇に置いた。

「どうしてくれる。この馬鹿もんが！」

また拳骨を見舞われた。

「痛ェ」

「痛くてあたりまえだ」

声と同時にまたもやガツンと頭に拳骨。

「新吉の家の干し柿を盗んでもおる。小川の堰を開けて、麦畑を台なしにもした。今日は公造の倅をいじめたらしいな」

「いじめたんじゃない。やつが弱いんです。おれの木刀を受けられないから、頭にたん瘤を作っただけです」

「言いわけ無用だ！　木刀で人を殴るやつがあるか、まったくたわけた倅だ。寺子屋にもしばらく行っていないらしいな。なぜ、行かん。ああ、聞かんでもわかっとる。また戦ごっこか侍ごっこか知らんが、そんな遊びに呆けておるんだろう」

「剣術の稽古です」

「馬鹿もんッ！　おまえに剣術など無用だ！　おまえはいずれわしの跡を継いで、この村の名主にならなきゃならんのだ。いったいなにを考えてやがる」

「…………」

「このままではわしの跡など継げぬぞ。名主とは人に慕われ、信用のある……」

「継ぎたくない」

遮って言った大河は、まっすぐ甚三郎を見る。

「なんだと。継ぎたくないだと。だったら誰が名主になると言うんだ。この村を見わたしても……」

「お清がいる」

「なに……」

甚三郎は眉を上下させた。

「お清は女だ。おまえの妹ではないか。名主になれると思っているのか。ほとほとあきれたことを言いやがる」

「養子をもらえばすむ。お清が婿をもらって、その婿が名主になればいい」

「な、な、なんたることを……」

甚三郎は真っ赤な顔をさらに赤くさせた。血管が切れるのではないかと思うほどだ。

「もういっぺん言ってみやがれ」

大河はいきなり組みつかれた。馬乗りになって、襟を強く絞められた。甚三郎は六尺近い大男だから、抗おうとしても抗えない。

「お清の婿を名主にすればいいんだ」

それが精いっぱいの抵抗だった。だが、それがよくなかった。父甚三郎の怒りをさらに増幅させたのだ。

「たわけ者！　このわからず屋め。思い知らせてやる」

甚三郎はいきなり大河を吊り上げるようにして立った。大河は足をばたつかせるが、甚三郎は動じない。そのまま庭に連れ出された。

また蔵のなかに閉じ込められるのかと思った。先日はそうだった。腹が立ったので、蔵のなかで糞をして小便をまき散らした。

しかし、今夜大河が連れて行かれたのは、庭の隅にある銀杏の大木のそばだった。

甚三郎は大河の体を縄で縛りつけ、一方を太い幹にまわすと、そのまま引っ張って大河を枝に吊り上げたのだ。

「痛ェよ、腕が手が痛ェよ！」

「へん、そんな嘘に誤魔化されるか。ここなら糞もしょんべんも好きなだけできる」

「放して、放してくれ、下ろしてくれ！」

もがくように体を動かすと、余計に縛めがきつくなってほんとうに腕と手が痛くなった。

「おまえは悪たれとか、悪ガキとか、散々悪口を言われておる。親の顔にどれだけ泥を塗れば気がすむんだ。そこで頭を冷やせ」

甚三郎はそのまま背を向けて戸口に戻っていった。

「くそ、こんなことしやがって……」

　大河は体を動かして、どうやったらこの体罰から逃げることができるだろうかと考えた。しかし、考えても縛めはほどけそうにない。

（へん、どうせ一刻（約二時間）もすれば下ろしてくれるだろう）

　大河は高をくくって、夜空に浮かんだ月を眺めた。

　しかし、その晩、父甚三郎はいつまでたっても庭に出てこなかった。母のお久も妹のお清も、そして下男の谷助も。おそらく甚三郎に釘を刺されているのだ。

　九つ（午前零時）を知らせる寺の鐘が鳴った。大河は気を失ったように眠っていたようだ。はっと、目を覚ましたのは、その鐘音を聞いたからだった。

　縄をほどこうと体をよじったり、肩を上下に動かしたり、両手をもぞもぞやってみたが、縛めはきついままだった。

（いい加減下ろしてくれ）

　と、思うが、泣いたり喚いたりしても容易く許してくれないのはわかっている。父甚三郎は偏屈なほど頑固な一面がある。

「へん、そうかい。だったら下ろしてくれるまで、ここにいてやるよ」

　大河はつぶやいて目をつむった。

四

さすがの大河も疲れた。

宙吊りはじわじわと自分の目方によって縛めがきつくなるので、目をつむっても眠ることなどできなかった。だから、あらんかぎりの悪態をついた。

糞親父(くそおやじ)、倅のことをわからねえ親じゃねえか、おれのどこが気に食わない、おれのなにが悪いんだ、言え、言ってみろ……。

しかし、それも長くはつづかなかった。体を締めつける重苦しい痛み、そして疲労、気力の衰退。大河は気が抜けたようにおとなしくなった。

山のほうで梟(ふくろう)が鳴いていた。夜烏(よがらす)の声も聞こえた。朦朧(もうろう)とする頭でそんな鳥の声をどこか遠くで聞いていると、

「兄さん、兄さん」

と、か細い声が聞こえてきた。

大河が下を見ると、妹のお清が立っていた。仄(ほの)かな月光を受けた顔が白かった。

「大丈夫」

さも心配そうに宙吊りになっている大河を見上げてくる。

「大丈夫なことあるか。疲れたよ。お清、手を貸せ。縄を切ってくれ。納屋に鎌がある。早く行け。鎌を持ってこい」

「できないわ」

「鎌を持ってくるだけだ。早く行ってこい」

そう言ったあとで大河は気づいた。自分を宙吊りにしている縄の一方は、木の根元近くにぐるぐると巻かれている。

「お清、そんなことしなくていい。根元に結わえてある縄をほどけ。早くしてくれ。手が痺れているし肩も痛い。腹のあたりも苦しいんだ。糞親父はおれを殺す気だ。このままだと死んでしまう」

「そんな……。でも、叱られる」

「糞親父が手を貸すなと言ってるんだろう。かまうことはない」

そのとき新たな声がした。

「お清、家に入っていなさい」

父甚三郎だった。木の下の地面に来て、大河を見上げた。お清に早く行けと命じて、また大河を見てくる。

「少しは自分のやったことを考えたか？」

甚三郎はお清が戸口に消えてから口を開いた。

「……考えました」

「おのれの行いをよくよく考えたのであれば下ろしてやる」

「よく考えました」

甚三郎は静かに木の根元に近づくと、結わえていた縄をほどいて、ゆっくり大河を地面に下ろした。

大河はそのまま尻餅（しりもち）をつく恰好（かっこう）で、大きく息を吸ったり吐いたりし、痺れている両手首と鈍い痛みのある腕をさすった。

「家に入れ」

甚三郎はそう命じて先に家のなかに消えた。大河はその大きな体を恨めしげに見送り、

「ちくしょ……」

と、吐き捨てて立ち上がった。

家に入ると居間に母親のお久が待っていて、茶漬けを作ってくれた。

「もう夜中だし、朝餉（あさげ）まで間もないからこれくらいにしておきなさい」

大河は黙って茶漬けをすすった。

「恨んではなりませんよ。自分のやったことをよく考えて、あらためるのです。父はおまえが可愛いから、まっすぐ生きてほしいから灸を据えられただけです。憎いから辛い仕打ちをなさったのではありませんからね」

「…………」

「それを食べたら早く寝なさい」

お久はくどいことは言わず、言葉少なに大河の世話をした。

その夜、大河は泥のように眠った。しかし、それは短い時間だった。木から下ろされたのが夜中の八つ（午前二時）頃だったから、おそらく二刻（約四時間）ほどしか寝ていないはずだ。

それでも目が覚めたときは、手の痺れや両腕の痛みは消えていた。

朝餉はいつものように出されたが、食事が終わると、

「わしの部屋へ」

と、甚三郎にうながされた。

「子供は元気が取り柄だ。少々やんちゃでも文句は言わぬ。だが、おまえは度が過ぎる。おまえは昨夜はよく考えたようだが、わしも考えた」

大河はじっと父の顔を見る。障子越しに日の光が顔の半分にあたっているが、半分は陰だった。

「他人の畑や田を荒らし、盗みをはたらき、村の子たちを家来のように連れ歩いては、戦ごっこだ。まあ、戦ごっこは大目に見ても、人様のものを粗末にしてはならぬ」

「盗みはしていません」

口答えすると、甚三郎の片眉が吊り上がった。目も厳しくなり光った。

（殴られる）

そう思ったので、わずかに膝をすって下がった。

「干し柿を盗んだ。馬を勝手に乗りまわしたのも、盗みと同じだ。村の百姓の家で蜜柑をもぎ、柿ももいだ。石榴も枇杷も芋も大根も……。山を荒らしてもいる。挙げたら切りがない。わしは苦情を受けるたびに頭を下げてあやまらなければならぬ」

言われれば、たしかにそんなこともあった。大河は黙り込むしかない。

「おまえはわしの跡を継がぬと言った。ならば、これから先どうするつもりだ？」

大河は短く逡巡してから答えた。

「剣術家になりたい」

甚三郎の両目がくわっと見開かれた。

「け、剣術家にだと……正気で言っているのか？」

「強い剣術家になりたいです」

甚三郎はあきれたように首を振った。

「まあ、おまえが原田様を慕い、ときどき剣術を習っているのは知っておる。だからといって容易く剣術家になどなれはしない。おまえは村名主の跡取りだ。侍ではない。剣術を身につけるのは悪くなかろうが、いずれは村を治める人にならなければならぬ。人に敬われ、信用される男にならなければならぬ」

大河は黙って自分の膝許を見つめる。

「今日からおまえを、勝光寺の住職に預ける」

大河ははっと顔を上げて目をまるくした。

「勝光寺は知っておるな」

大河は無表情にうなずく。寺尾村の北、砂村にある寺だ。

「圓山和尚には話をしてある。訪ねて行け」

「今日ですか？」

「そう言ったはずだ」

甚三郎は話は終わったとばかりに、そのまま席を立った。

五

大河は昼前に、お久に風呂敷包みをわたされた。着替えが入っているだけだ。

家を出るとき、お清が門口まで見送りに来た。門といっても簡素な木戸門である。名主には苗字帯刀が許されているように、門を作ること、戸口を入ったところに式台を設けることが許されていた。

「兄さん、和尚さんの言いつけを守ってください」

お清は淋しそうな顔で見送ってくれる。

「心配はいらねえよ。親父の小言を聞かなくていいと思うと清々するわ」

大河は強がりを言って家をあとにした。

しかし、まっすぐ勝光寺に行く気はしなかった。自然、足は岩じいこと、原田岩太郎の家に向いた。風呂敷包みを背負い、腰に差した木刀を振りまわしながら村道を歩く。

友達に会わないかなと思ったが、出会うのはこれから野良仕事に出かける村の百姓たちばかりだった。みんな自分を忌むような目で見てくる。

（おれは思い違いをされている）

大河はそう思うが、言い訳はしない。黙って見返し、にっと笑ってやるだけだ。

岩太郎は縁側に座って煙草を喫んでいた。大河に気づくと、干し柿のようにしわの多い顔をゆるめて、早いではないかと声をかけてきた。

「そうではないんです。おれは寺に預けられることになったんです」

「それはまた何故……」

岩太郎は煙管の雁首を縁側の縁に打ちつけた。

「親父がそうしろって。おれがやんちゃすぎるからだって……」

大河は父甚三郎に言われたことを話した。

「無理からぬことかもしれぬ。しかし、おまえは名主の倅だ。父親の言いつけは無下にはできぬ」

「でも……」

「なんだ？」

「おれは強い剣術家になりたい」

岩太郎の白髪交じりの眉が動いた。

「まさか、本心ではなかろう」

「本心です。本気です。岩じいさんは、おれに剣術を教えてくれた。だけどまだまだ強くない」

大河は真顔を向ける。岩太郎は〝岩じいさん〟と呼ばれることに頓着していない。

「そりゃそうだ」

「だからもっと強くなりたいんです。村の名主になんかなりたくない。ほんと言うと、一度……」

口ごもると、岩太郎が眉を動かしてなんだと訊ねる。

「城下にある道場に入れてもらおうと思って……」

大河はそのときのことを話した。岩太郎は真剣な顔で聞いていた。

「おれの竹刀は相手の体にかすりもしなかったんです」

大河が悔しそうに話を結ぶと、岩太郎は小さな声を漏らして笑った。

「そりゃあそうだ。おまえにはまだその技量はない。しかし、なんという道場を訪ねたのだ？」

「通町にある大川道場でした」

「ほう、大川平兵衛殿の……」

「知っているんですか？」

「うむ、道場主は神道無念流の達人だという噂だ。たしかに強いのだろう。元は百姓の出らしいが、二十二歳で免許を受けたと聞いておる」

「免許……」

「強くなって、師範からおまえはもう立派な一人前の剣術家だと認められることだ。だが、この国の道場はどこへ行っても百姓や町人は入門できぬ。そういう決まりがある」

「誰がそんなことを……」

「殿様だ。まあ、おまえは父親の言いつけを守って、名主の道を歩むのが一番だ」

大河はうつむき、しばらく考えてから顔を上げた。

「大川さんという人も百姓の出だったんでしょう。だったらおれも……」

「あの男は忍藩の出だ。川越の百姓ではない」

「忍藩……」

「そう、隣の国だ。どうしても道場に入りたければ、まあ江戸であろう。江戸には数えきれぬほど道場があり、練達の剣術家がごまんといる」

「江戸……」

大河は遠くの空を見た。江戸に行きたいと思った。

「岩じいさんは、江戸を知っているの？」

「知っておる。わしは藩に仕えているときには、江戸に何度も行ったし、浦賀にも行った」

「浦賀……」

ときどき岩太郎は大河の知らないことを口にするから、そのたびに聞き返さなければならない。

「江戸の西のほうにある船の見張り所だ。わしはそこへ大砲を運んで異国の船にズドンとやった」

岩太郎は欠けた歯の多い口を開いて楽しそうに笑った。

「異国の船を沈めたんですか？」

大河はこういう話が好きだ。

岩太郎が話しているのは、天保八年（一八三七）に起きた後世で言うモリソン号事件である。このとき川越藩は異国船打払令により、浦賀へ藩兵を派遣していた。

「沈めることはできなかったが、逃げて行った。ま、そんなこともあった。だから江戸のことはよく知っておる。しかし大河、わしが思うに異国はどんどん幕府に近づいてくるだろう。そんな気がしてならぬ。だからどうするわけにもいかぬが、幕府もいずれは変わるかもしれぬ。いや、日本という国が大きく変わるときに来ているかもしれぬ」

「日本が変わるなら、おれも変わらなきゃならない。岩じいさん、江戸にはおれの入れる道場があるんですね」

大河は黒く澄んだ瞳をきらきらと輝かせる。

「まあ、あるだろう」

「どこの道場がいいです？」

「どこのって、まあ大きな道場と言えば、千葉周作の玄武館、桃井春蔵の士学館、斎藤弥九郎の練兵館あたりか……。もっとも他にいくらでもあるが、まさか、本気で考えているのではなかろうな」

大河は本気だった。だが、本心を明かさずに、

「知りたいだけです」

と、答えるにとどめて、言葉を足した。

「寺にはしばらくいると思いますが、帰って来たらまた教えてください」

大河は腰の木刀を抜いて、上段から下段に振り下ろした。

「わしが元気なうちはいくらでも教えてやる。さあ、もう行ったほうがいいのではないか」

「そうですね」

大河は岩太郎に礼を言って、勝光寺に足を向けたが、気持ちは江戸に向かっていた。

六

勝光寺での生活がはじまった。

朝は七つ（午前四時）過ぎに起こされ、本堂と境内の掃除を言いつけられた。住職の圓山は、穏やかな顔をしているが、舌鋒鋭かった。

少しでも粗相をしたり怠けたりすると、

「たわけッ！　誤魔化すでない！」

と、大声で叱責した。

寺に入ってすぐ、

「甘えたことは許さぬ。寺には寺の掟がある。掟を守らなければ、遠慮なく折檻する。心得ておけ」

　と、脅された。

　大河が小さな声で「はい」と、ふて腐れたように返事をするや、

「なんだその声は！　きさまは女か！　男ならはっきりと返事をせい！　姿勢が悪い！　しゃきっとせんか！」

　と、いきなり怒鳴られた。これにはさすがの大河も肝を冷やし、

（こりゃあ大変なところに来ちまった）

と、気持ちを引き締め、しばらくはおとなしくしていなければならないと思った。

　実際、大河は従順だった。言いつけられたことはきちんと守り、床掃除も隅々まで手抜かりなくやるようになった。境内も枯れ葉一枚落ちていないように掃いた。

　薪割りに水汲み、そして日に半刻（約一時間）は、圓山の説経を聞かされた。これには寺にいる二人の小僧も付き合う。この二人は厨房で食事を作り、圓山の身のまわりの世話をし、外出をするときは供をした。

「御仏のありがたさとは、おのれの心にある。すべてのものに感謝することを忘れてはならぬ。親を敬い、年長の者を敬い、年下の者たちに親切であらねばならぬ。草や花、木や水に感謝しなければならぬ。星にも月にも、あかるい光を降り注いで

くれるお日様にもすべて感謝しなければならぬ。なぜならば、生きとし生けるものはみな、それらの恩恵を受けているからだ。もっとも卑しいことは人の心にある欲である。欲とは……」

大河は神妙な顔で聞き入っていたが、そのうちだんだん飽きてきた。圓山の話はもっともであるが、似たり寄ったりの説経が多いからだった。

ときに居眠りをしたくなる。ところが、それを見透かしたかのように、圓山はそばに置いている警策をつかむやいなや大河の肩を、びしりとたたく。さほど痛くはないが、はっと目が覚める。

「気をたるませてはならぬ！」

「はいッ、失礼いたしました」

また、一日置きに読み書きと算用を教えられたが、大河は寺子屋に通っていたので、読み書きはほぼできた。算用はままならず少し苦労をしたが、そのうち要領を覚えるとすぐに回答できるようになった。

「ふむ、覚えが早いな。感心な」

圓山はげじげじのような大きな眉を動かして、そんなことを言った。

とにかく起きて寝るまで気の抜けない毎日だったが、それでも自由な時間もあった。そんなとき大河は持参した手製の木刀を手に、境内で素振りをやり、岩太郎に教わった足のさばき方の稽古(けいこ)を繰り返した。

二人の小僧がときどきそんな大河を眺め、年嵩(としかさ)の円清(えんせい)という小僧に、

「なぜ、そんなことをするのだ？」

と、聞かれたことがあった。

「おれは剣術家になるんです」

大河ははっきり答えた。

「坊主になりに来たのではないから、稽古を怠れないんです」

円清はもうひとりの円龍(えんりゅう)という小僧と、あきれたように顔を見合わせた。円清が十九歳。円龍は十八歳だった。十三歳の大河より年長ではあるが、背丈はあまり変わらなかった。父親の甚三郎に似て体が大きいのだ。

大河は半月ほどは圓山の言いつけを守っておとなしくしていたが、生来がじっとしていることのできない性格なので、体が野山を駆けまわりたくてうずうずしてきた。

友達と戦ごっこもしたい。陽気もよくなってきたので、新河岸川や不老川(としとらずがわ)へ行って釣りや水遊びもしたい。

寺には竹林があった。そこでは筍が採れる。大河はいち早く、その筍に目をつけていた。ある日、圓山が小僧の円清を連れて出かけた隙に、竹林に入って筍を掘った。うまそうなのが何本もある。こちらにもそちらにもといった具合だ。

大河はせっせと筍を掘り、二十本ばかり採った。それだけでは気が収まらず、裏の林に行ってぜんまいと蕗を見つけ、持参した籠をいっぱいにして寺に戻った。

いつもなら、近所の百姓や岩太郎に持って行ってやるが、それができない。だから寺の庫裏ではたらいていた円龍に持って行って見せた。

「いまは筍がうまいですよ。ぜんまいは煮るとうまいし、蕗は天麩羅にするといいです」

大河は喜んでくれると思ったが、円龍は目を大きくして、

「これをどこで？」

と、まばたきもせずに聞いてきた。

「そこに竹林があるでしょ。ぜんまいと蕗は裏の林です。そのうち茸でもなんでも採ってきます」

「こんなことを……和尚様に無断で……」

「いけませんか？」

「いけない。和尚様に許しを得なければならないのだ」

「そんなことは知らなかったから仕方ないでしょう。それじゃ、ちょいと村に行って配ってきますよ」

なんでえ、せっかく汗を流して採ったっていうのに、とぼやきながら筍とぜんまいと蕗を入れた籠を背負って寺を出た。

野良仕事をしている百姓や野路で出会った者に、遠慮はいらないからと配って歩いた。

もらった者はありがたいと言って喜んでくれたが、寺に戻るとすでに圓山が出先から帰っていて、大河を見るなり奥の間に呼んだ。

「なんでしょう？」

大河は圓山の前に座るなり言った。

「そなたは断りもなく筍を掘ったそうだな」

圓山は厳しい目を向けてくる。

「はい。掘ったあとで、断って掘らないとだめだと、円龍さんに教えられました」

「此度はそのことを教えていなかったから仕方ないだろう。それで、掘った筍はどうした？」

「村の人に配ってきました」

圓山はふうとため息をついた。それから大河をあらためて見て、

「境内にあるものを無闇に採ってはいかぬ。これからは気をつけるのだ」

と、いつになく穏やかに言った。

「はい」

「そなたはどうも、この寺の暮らしが気に入らぬようだな」

「気に入りません」

はっきり答えると、圓山は大きく眉を動かした。

「だが、そなたを預かった手前、すぐに家に帰すわけにはいかぬ。寺の暮らしは意のままにならぬだろうが、人生の修行だと思って辛抱するんだ。向後のためにきっと役に立つ」

「いつまでここにいればいいんです?」

「三月は預かることになっている」

大河は目をまるくした。あと二月と少し、この窮屈な寺で暮らさなければならないのか。急に暗澹たる気持ちになった。

「わからないことがあれば、わたしでもよいし、円龍と円清に聞きなさい。勝手な

真似は許さぬ」

七

勝光寺での暮らしはじきに慣れてきたが、退屈極まりなかった。勝手に寺の外に出ることを禁じられ、気乗りしない読経をさせられ、掃除洗濯を強いられた。それに寺の食事はまずかった。味気ないし、野菜ばかりなのだ。たまには魚や肉を食べたいと思う。しかし、それは望んでも無理なことだった。

そんなある日、円清が本堂の裏にスズメバチが巣を作っていて危ないと言ってきた。

「では、壊せばいいんです」

「刺されたらどうする？　あの蜂は怖いのだ」

「怖いことなんかありませんよ。では、おれがやります」

大河はそのまま本堂の裏に行ってスズメバチの巣を見た。いつの間にか庇の隅に大きな巣ができていた。いまも巣のまわりを蜂たちが飛び交っている。放っておけば巣はどんどん大きくなる。

「壊しましょう」

大河は伐り集められている竹のなかから一本を手に巣の下に行った。円清が刺されないように気をつけろと、及び腰で言う。

大河は狙いを定め、えいっとばかりに巣の真んなかに竹を突き刺した。とたん、その竹に沿って蜂たちが反撃に来た。大河は横に動いて、もう一度突いた。

蜂が襲いかかってくる。大河は竹を振りまわして逃げ、本堂をまわり込んだところで手にしていた竹を藪のなかに放り投げた。

ところがいっしょについてきた円清が、悲鳴を上げ、参道へ逃げて行った。

「ひゃあーやめろ！　来るな！　ひゃあー！　た、助けてー！」

なんと蜂の大群が円清に襲いかかっていたのだ。

大河はどうすることもできずに眺めていたが、蜂たちは逃げまわる円清を執拗に追いかけて刺しまくった。円清の狼狽えぶりがおかしくて、大河は腹を抱えて笑った。

結果、円清の坊主頭は赤く腫れ上がり、首や腕、そして顔も刺されたので熱を出して寝込んでしまった。

その夜、大河はまたもや圓山和尚から説教をされた。

「蜂にも命がある。その命を粗末にするから罰を受けるのだ。蜂とて懸命に生きている。殺生はならぬ。よく肝に銘じておけ」

「放っておいたら寺にお参りに来る人たちが刺されるかもしれないのです。そうなったらどうするのです？」

「そんなことはない。とにかく殺生をしてはならぬ」

圓山は当初のように大喝しなくなったが、大河には納得がいかなかった。こうなると臍を曲げるのが大河である。

（坊主や大人がなにもかも正しいのではない）

と、思うのである。

翌日から大河は寺の戒律を無視することにした。もっとも朝の勤行や掃除や薪割りなどは真面目にやったが、圓山が外出をしたり、訪ねてきた檀家と長話をしていたりする隙を狙って寺を出た。

川に入り魚を手づかみで捕り、蜆や田螺を採った。そして、厨房を預かっている円清と円龍にわたした。

「野菜や芋ばかりでは力がつかないでしょう。食べましょう。肉が食べたかったら鶏を絞めて持ってきます」

二人の小僧は啞然としていたが、大河の強い勧めに根負けしたのか円龍が作ってみようと言って、蜆汁を作り醬油と砂糖を絡めて田螺を煮た。圓山にはないしょでそれを食べると、円龍も円清も、

「うまい」

と、頰をほころばせた。

「ほしくなったらいつでも捕ってきますから」

大河は得意になって口許をゆるめた。

例によって、圓山が檀家まわりをした日、大河は寺を抜け出し、近くの林に行き、木の幹や枝を打ちたたきつづけた。

幹を被う皮が剝げ落ち、樹液が出てくる。

えいッ、やッ、えいッ、やッ……気合いもろとも木刀を振るう。一本の木はたちまち枝を落とし、裸同然になった。

大河は肩を上下に動かし、荒れた呼吸を整えると、近くの湧き水で喉を潤す。

(江戸に行きたい。寺にいても面白くもおかしくもない。江戸に行って剣術修業をして強くなりたい)

思いは日に日に募るばかりである。勝光寺にいるのは、ひとまず親の言いつけを

守るためだった。

　しかし、あと一月もあの寺で辛抱しなければならないと思うと、気が重くなる。

（逃げだそうか……）

　一瞬そんな考えが浮かんだが、逃げるのはいやだ、卑怯だと思いもする。寺の生活に耐えることもできなかったかと、父甚三郎に笑われ説教されそうである。

　あかるい光を降り注ぐ日を仰ぎ見て、視線を元に戻したとき、すぐそばに一人の侍が立っていた。口の端に微笑を浮かべ、じっと見てくる。野袴に打裂羽織、そして肩に振り分け荷物。旅の侍のようだ。

「小僧、元気があるな」

　侍が声をかけてきた。大河が無表情に見やると、

「剣術を習っているのか？」

　と、聞いてきた。

　大河がうなずくと、侍はそばまでやって来て、

「その木刀はずいぶんお粗末であるな。自分で作ったのか？」

　と、聞いてくる。

「買えないから作ったんです」

見せろと言うので、大河はそっとわたした。侍はつかみ取るなり、うんと、小さくうなった。

「こんな重いものを、しかも枇杷(びわ)の木ではないか。誰かに教わったのか？」

「剣術は岩じいに習っています」

「そうではない。この木だ。木刀には樫(かし)の木を使うことが多い。枇杷は昔から剣の練達者が使うものだ」

大河はへえ、そうなんだと思った。

「岩じいと言ったが、その者は剣術家であるか？」

「……昔は川越のお殿様に仕えていた同心でした。いまは隠居です。年寄りなので足も腰も悪いけど、構えと素振りと足のさばきを教わっています。技はまだ教えてもらえないので、友達と稽古(けいこ)しながら勝手にやっています」

「ふむ、さようか。それにしても小僧、いい目をしているな。ちょっと構えてみろ」

大河は木刀を返してもらうと、その場で正眼(せいがん)に構えた。

「遠慮はいらぬ。わたしを斬るつもりで打ち込んでこい」

侍は余裕の体で言う。

大河はじりっと間合いを詰める。

侍はその場から動かない。打ち込めと誘ってくる。

「やあッ！」

面を狙ったが、手加減したなと見透かされた。

「それでは、わたしを斬ることはできぬ」

なにッと歯を食いしばった大河は、本気で打ち込んだ。侍はひょいと身をひねってかわす。突きを送っても胴を払いに行っても、侍の体をかすることもできない。

「よし、わかった」

侍の声で大河は打ち込みをやめたが、息が上がっていた。

「筋がいいな。鍛錬次第でものになりそうだ。名はなんと申す？　わたしは高柳又四郎と申す」

「山本大河です」

「……大河、いい名だ」

「お侍さんはどこの人ですか？」

「わたしは江戸からまいった。武者修行の旅の途中で川越に向かうところだ」

江戸と聞いた大河は、目をきらきらと輝かせた。

「江戸にはたくさん道場があるんですよね。おれにも教えてくれる道場はありますすか？　おれは村の名主の倅なんです。百姓は川越にある道場には入れないんです」

「江戸の道場なら百姓だろうが町人だろうが、いつでも入門できる」

大河はかっと目を剝いた。

「江戸には強い人がいっぱいいるんですね」

「うむ、いる。だが、そなたはいずれ親の跡を継がねばならぬのではないか」

「おれは剣術家になるんです。日本一の剣術家になります！」

高柳は微笑ましそうに頰をゆるめた。

「さようか。志は大きいほうがよい。励むことだ」

そのまま高柳は背を向けて歩き去った。その姿が遠ざかる前に大河は声をかけた。

「高柳様！　江戸で会ったら立ち合いをお願いします。そのときは負けません！」

「励め！」

高柳は声を返して、そのまま歩き去った。

寺に帰る大河の胸は弾んでいた。江戸に行けば道場で修業ができる。百姓だって道場に入ることができる。

（行きたい、おれは江戸に行きたい）

その願望は強くなるばかりだった。

そのまま大河は寺に帰ったが、山門から本堂につづく参道に圓山が立っていた。

「どこへ行っておった。ま、よい。話がある。ついてきなさい」

八

「どうやらそなたは性根が直らぬようだな」

奥座敷に大河をいざなった圓山は開口一番、そう言って言葉をついだ。

「そなたに寺の暮らしが合わぬことはわかっておった。されど、もう少し辛抱できるのではないかと考えておった。今日も寺の掟（おきて）を破ったな。おのれの胸に聞けばわかることだから言いわけなど聞きたくはない。だが、教えてもらいたい。そなたはなにをしたいのだ？」

大河は凝視してくる圓山の目をまっすぐ見て、

「剣術家になりたいのです。江戸へ行って修業したいのです」

断言するようにはっきり答えた。

圓山は大きく嘆息をして、首を二度三度振った。

「そなたの父は村名主だ。百姓たちの信頼も厚い。村の者たちから敬われてもいる。

立派な名主だ。その親の顔に泥を塗るようなことをそなたはしでかした。そのつもりはなかったかもしれぬが、若気の至りで迷惑をかけた。村の者にも親にも」

「…………」

「申しわけないという気持ちはないのか？」

「大人は思い違いをしているんです。たしかに悪さはしました。だけど……」

「黙れッ！」

圓山はかっと目を剝いて遮った。

「言いわけ無用じゃ！　よいか大河、どこにいてもどこへ行っても、掟はある。掟はなんのためにあると考える？」

「……決められたことを守るために」

「なぜ、そんな決めごとを作らねばならぬ」

「決められたことを守らないやつがいるから……」

「さようだ。和を守らない者がいるからだ。和とはなんだ？」

「和……」

大河は答えられない。

「和とはまわりの者を大切にし、お互いに助け合うことだ。その和を乱す者がいるから、掟が作られるのだ。そなたはこの寺の掟を破った。今日も、この前も。放っておけば明日も明後日も掟を破り、この寺の和を乱すであろう」

大河は仏頂面でうつむいた。

「今夜一晩、そのことをよく考えるのだ。わたしも考える」

圓山はそのまま立ち上がって、出かけてくると言った。

「わたしが帰ってくるまで、出かけてはならぬ。わかったな」

「はい」

大河はしぶしぶ答えた。


圓山和尚が訪ねてきたのは、日が暮れる前だった。

甚三郎は何事だと思い、戸口に迎えに立った。

「大河がなにかやらかしましたか？」

そんな予感がしたので問うたのだった。

「相談したいことがある。少し邪魔をしてよいかな」

「どうぞ」

甚三郎は圓山を座敷に上げて向かい合った。

「やはり、あやつの性根は直りませんか？」

「直る直らぬは本人の心がけ次第だ。しかし、考えることがある」

「なんでございましょう」

甚三郎は心許(こころもと)ない気持ちのまま、身を乗り出す。

「大河には剣術を習いたい、強くなりたいという願望がある。それはそれでかまわぬことだと思う。あの者は寺に木刀を持ってきた。そして、暇があればその木刀を振って稽古(けいこ)に励んでおる。そのときの目つきは真剣そのものだ。無我夢中と言ってもよい。それ故に、わたしはなにも口を挟まなかった。それだけならよかった。はじめは言いつけを守ってよくやっていた。感心するほどだった。ところが、徐々に変わった」

「やはり、悪さを……」

甚三郎は大きな体を折って、申しわけありませんと頭を下げた。

「いや、さほどのことはしておらぬ。わたしも厳しいことは言ったが、目をつむれるほどのことだ。大河はまだ若い。目こぼしはできる。それに性根は悪くない。ただのお山の大将でもなかった。わたしはこっそり村の者たちに話を聞いた。たしかに悪戯(いたずら)が過ぎることもあるようだが、あれは困っている者たちに施しをしておった」

「まことに……」

甚三郎は信じられない思いで目をしばたたいた。

「村には貧しい者がいる。体の不自由な者もいる。病に臥せっている者もいる。そんな者たちに、川や山で採った食い物を届けておる。友達を誘い、手伝いもさせているようだ。そして、弱い者いじめなど一切しておらぬ。あれは友達を思いやる心を持っている。ただ、利かん気が強く元気が過ぎるゆえに、道を踏み外すこともある。それが村の者たちの迷惑になっていることもたしかだ」

甚三郎はさんざん苦情を受けている手前、にわかには信じがたかったが、反面嬉しくもあった。

「甚三郎さん、ここは大河の気持ちを汲んで江戸にやってみたらどうだね」

「大河を江戸に……」

「江戸で剣術の修業をしたがっている。おそらく寝ても覚めても、大河の心の大半はそのことで占められているはずだ。一口で剣術修業と言うが、なまなかではないはず。その厳しさ苦しさ辛さを味わわせたら、目も覚めるはずだ。そなたの血を引いた倅だ。ただのたわけではない。それなりに知恵のある子だ。きっと、修業の厳しさがいかほどのものか知れば、やはり村に戻って親の跡を継ごうと思うであろう」

「なるほど……」

甚三郎はいたく納得し、宙の一点を短く凝視した。

和尚の言うことはもっともである。大河が考えているほど、剣術とは容易くないはずだ。村の子供たちと戦ごっこをするのが楽しいから、気持ちだけが先走っているのだろう。

「和尚さん、おっしゃることはよくわかりました。さすが和尚さんです。できの悪い倅を預かっていただき、ありがとうございました。それなら、あれを江戸にやりましょう」

「つてはあるのかね」

「心あたりがあります」

「ならば、明日大河をこの家に戻そう。それでよいかな」

「よろしゅうございます」

九

甚三郎は話をとんとん拍子で進めた。女房のお久は江戸にやったらそのまま帰っ

てこなくなるのではないか、ますます剣術の虜になったらどうするなどと心配したが、

「真の剣術の厳しさを知ったら、あれも音を上げるだろう。なに、心配には及ばぬ。和尚の考えはきっと正しい」

と、自信たっぷりに諭した。

「しかし、今日の今日というのは早すぎるのではありませんか」

「いや、こういったことは早いにかぎる」

甚三郎はしばらく大河を江戸に出すことで村が平穏になり、また弱音を吐いて泣き面で江戸から村に戻ってきて、親の跡を継ぐのが一番だと頭を下げてくれれば一石二鳥だと考えた。

そして、大河はその日の昼前に勝光寺から戻ってきた。

大河はその朝、突然家に帰ってよいと圓山に言われたとき、ぽかんと口を開けた。今日も窮屈な寺で過ごすのだとあきらめていたので、拍子抜けする思いだった。

それでも圓山の気持ちが変わらないうちに退散したほうが得だと思い、これまでの非礼を詫びて礼を述べ、また世話になった円清と円龍にも挨拶をしてさっさと勝

光寺を出たのだった。

家に帰れば父親からきっと小言の二つや三つはあるだろうと思ったが、

「おうおうよく帰ってきた。寺での暮らしはさぞや楽しかったであろう」

と、甚三郎はなにやら楽しげな顔で大河を迎えた。

さらに、おまえにいい話があると言う。

「なんです？」

「わしもいろいろ考えたのだ。おまえは剣術の修業をしたいと言う。剣術にうつつを抜かしておる。そうだな」

「はあ、まあ……」

「そこでおまえを江戸にやることにした。いい、行ってこい。思い切り江戸で剣術の修業をしてこい」

大河は信じられない思いで父甚三郎を見た。嬉しそうに笑っている。

「ほんとに、ほんとに、ほんとうに……」

「ああ、嘘は言わぬ。おまえを預かってくれる人もいる。秋本佐蔵（あきもとさぞう）様とおっしゃる方で、川越藩では名の知れた剣術家だ。江戸藩邸で指南役もやっておられる神道無念流の達人だ。じつはその方のご新造はこの村の出だ。わしの父、おまえのじいさんの世話で嫁取りをされた方だ。なに、わしの頼みは必ずや聞いてくださる。これ、これを持って行け。わしの頼みを書いてある手紙だ」

大河は丁寧に畳紙(たとうがみ)で包まれた手紙を押しつけられた。

「それから舟だが、今日の夕方寺尾河岸を発(た)つ夜舟がある。それに乗れば、明日の朝は江戸だ」

「え、もう今日、今日の夕方江戸に行くんですか」

「なにを驚く。おまえは江戸で剣術の修業をしたいのだろう。それなら早いに越したことはない。今日も明日も明後日(あさって)も同じだろう。それともやめて、わしの跡を継ぐ修業をするか……」

「いや、行きます。行かせてもらいます」

「よしよし、それなら支度をしなければならぬな。そうだ、秋本様に土産も持っていかねばならぬ。幾ばくかの束脩(そくしゅう)もいる」

「あ、あの、それなら友達に挨拶をしたいんですが、いいですか」

「いいともいいとも。だが、舟に間に合わぬといかぬ。さっさと行って、さっさと帰ってこい」

大河はそのまま家を飛び出すと、仲のよい友達の家をまわり、これから江戸へ剣術修業に行ってくると話した。みんなあまりにも突然のことに驚いたが、気張って行ってきてくれ、見送りに行くと言ってくれた。

最後に岩じいこと原田岩太郎にも報告した。

「ほう、それはまた急な話であるな。しかし、秋本佐蔵さんの教えを受けられるのはさいわいだ」

岩太郎は秋本佐蔵を知っていた。藩きっての剣術家で、江戸でも名が知れているし、岩太郎自身、何度か立ち合ったことがあると言った。

「一度も勝てはしなかったがな」

岩太郎は欠けた歯を見せて破顔した。

その日の夕刻、新河岸川に夕日の帯が走る頃、大河は寺尾河岸にやってきた早舟に乗り込んだ。これは「川越夜舟」と呼ばれるように、夕刻に川越を発ち、翌朝には千住(せんじゅ)を抜け、昼頃に浅草花川戸(あさくさはなかわど)に着く定期便だった。

大河が江戸に行くという噂は、その日のうちに村中に知れわたり、河岸には十数人の者が見送りに来ていた。

みんな嬉しそうに、また淋(さび)しそうな顔をしながら、達者でとか故郷に錦(にしき)を飾る男になれなどと励ましの言葉を贈ってくれた。

ただ不安そうな顔をしていたのは、母のお久と妹のお清だった。

お清は別れ際に、

「兄さん、ほんとうに行っちゃうんだね。なんだかもう帰ってこない気がする」

と、目に涙を浮かべた。

「お清、おれはちゃんと帰ってくる。そのときは名のある剣術家になっている。あとのことは頼んだからな」

大河は無責任なことを言って、お清の肩をたたいて微笑んだ。

やがて、船頭の声で舟が岸壁を離れた。

見送りの人々が一斉に別れの声をあげた。出目の幸助は涙を流して「お達者で、お達者で」と言っていた。いつもいっしょに遊んでいた金次も天吉も吾作も、別れを惜しみながら励ましの声をかけてくれた。

もっとも見送りのなかには、これで清々した、厄介者がいなくなると思うと、なんだかホッとすると、胸を撫で下ろす百姓もいて、遠ざかる舟に、

「もう帰ってこなくていいからな」

「二度と戻ってくるな」

などと言っている者もいた。

しかし、見送られる大河はこれから先のことに胸を弾ませ、顔を輝かせていた。

弘化(こうか)四年(一八四七)三月下旬——大河、十三歳のことだった。

第二章　約　束

一

大河は翌日の昼前に、花川戸河岸に降り立った。

隅田川は満々と水を湛えており、春の日射しにまぶしく輝いていた。猪牙舟や屋根舟、筏舟、そして俵物を積んだひらた舟が上り下りしていた。

迎えはなかったので、大河は人づてに秋本佐蔵の家を探さなければならなかった。

それにしても江戸の人の多さ、商家の多さには目をみはるしかない。川越の村とは大違い。川越城下とも比べものにならない華やかさと賑やかさだ。

着飾った町娘がいれば、徒党を組んで歩く勤番侍、僧侶の集団、そして体の大きな相撲取りもいる。商家の前では小僧たちが、お立ち寄りくださいとか、うまいですよ、安くしておきますよなどといった声を、通り行く人にかけていた。

商家の暖簾も色とりどりで、きちんと火熨斗のきいた着物を着た客を送り出す奉公人の姿もこざっぱりしている。

飴屋、煎餅屋、饅頭屋、茶屋、米問屋に呉服屋……。人混みを縫って大八車を引く車力もいるし、町駕籠ともすれ違った。

すべてに目を奪われる大河は胸を高鳴らせていた。

父甚三郎からわたされた書き付けを頼りに、秋本佐蔵の家にようやく辿り着いたのは、日の暮れ前だった。

そこは下谷広小路からほどない練塀小路にあった。周囲に商家のない閑静な武家地だ。大河は大きな屋敷を想像していたが、佐蔵の家は百坪ほどの小さな家だった。

玄関で訪いの声をかけると、大河とさほど変わらない若い女が出てきた。きょとんとした顔で、不思議そうに首をかしげ、

「どちらの方でしょうか？」

と、聞いてきた。目鼻立ちのはっきりした少女だ。

「山本大河と言います。こちらは秋本佐蔵様の家ですね」

「はい」

「父甚三郎からこちらを訪ねるように言われてやってきたんです」

少女はしばらく待つように言って、奥に消えた。

狭い玄関で廊下が奥に延びていた。

（これが名の知れた剣術家の家か……）

少し戸惑いを覚えたが、さっきの少女が戻ってきて、座敷に案内をしてくれた。

そこには白髪交じりの髷を結った男が座っていた。大きな目は眼光鋭く、厚い唇を引き結んで厳しい顔で大河を見た。

「山本甚三郎殿の倅だな」

「はい」

「ここに来て座れ」

大河はおずおずと、風呂敷包みを持ったまま佐蔵の前に座った。

「手紙は昼に届いた。まったくこっちの都合も聞かずに勝手なことだ」

佐蔵は苦々しい顔で言って、甚三郎からもらったらしい手紙をばさりと膝の脇に置いた。それは甚三郎が昨日のうちに早飛脚を手配して、佐蔵に出したものだ。大河にはその内容は知らされていない。

「まあ、だがよかろう。それで剣術の修業をしたいらしいな」

「はい」

「誰かに教わったのか？」

「原田岩太郎さんに教えてもらってました。元は川越藩士です。秋本様のこともご存じで、何度か立ち合ったけど勝てなかったと言ってました」

「原田、岩太郎……覚えがないな。まあよい。いくつだ？」

「おれですか、おれは十三です」

「ほう、年のわりには体が大きいな」

そのとき、さっきの少女が茶を運んできた。

「これは娘の冬だ。お冬、これは山本大河という。しばらくこの家に住むことになる」

お冬は目をまるくした。聞いていなかったようだ。

「おまえより二つ下だ。仲良くしてやれ」

お冬は小さく顎を引いてうなずくと、湯呑みを置いて台所のほうに下がった。

「大河というめずらしい名だが、親がつけたのか？」

「はい、うちの近くに新河岸川があります。とっつぁんがその川より、大きな川のような男になるようにとつけたと言いました」

「さようか。なぜ、剣術を習う。おまえは村の名主の倅であろう。それに長男だ」

「名主なんかにはなりたくないです。おれはこの国で一番強い剣術家になりたいんです。だから秋本様に指南をお願いします」

佐蔵は小さく笑って、首を振った。

「あきれたことよ」

「いけませんか？」

大河は真剣な目を佐蔵に向ける。

「すると、剣術で身を立てたいと申すか」

「はいッ」

大河はきらきらと目を輝かせ、はっと思い出したように、大きな風呂敷包みをほどいた。

「とっつぁんから、わたせと言われたものです」

それは足袋と帯、扇子などだった。そして畳紙(たとうがみ)で包まれた手紙と財布があった。

「束脩だと言っていました」

佐蔵は黙って土産の品を納め、財布を開いてわずかに眉(まゆ)を動かした。だが、静かに閉じて、大河に顔を向けた。

「剣術は教えてやる。だが、その前に行儀作法をお冬に習え」

「は……」

「は、ではない。言葉つきもこのままではだめだ。田舎者といわれ馬鹿にされるぞ。それに、目上の者に失礼にならぬような話し方を覚えろ。訛りはないが、とっつぁん、おっかあではいかぬ。父上、母上、ときには父、母と使い分ける。目上の人の前でおのれのことを、おれといってはならぬ。わたしだ。難しいことではない」

「はあ」

「はあではない。わかりましただ」

「はい、わかりました」

大河はしゃきっと背筋を伸ばして答えた。

「今日は疲れておるだろう。ゆっくり休め」

「お世話になります」

大河は丁寧に頭を下げた。

二

「秋本様は、足が悪いんだ」

　翌日、迎えに来た駕籠に乗って佐蔵が出かけたあとで、大河はお冬に聞いた。昨夜気づいていたことだが、口にしなかったのだ。

「稽古中に膝を痛めて、それから治らないのです」

「杖をついてたな。そんなひどいんだ。それでも稽古をつけているんだ」

　台所で洗い物をしていたお冬が、無表情な顔を向けてきた。

「なにかおれの顔に……」

　大河は自分の顔を片手で撫でた。

「言葉。そんな言葉遣いはいけません」

「へっ……」

「杖をついていらっしゃった。それほどひどいのですか。稽古をつけていらっしゃる。覚えておいて」

　お冬は不機嫌そうな顔をして洗い物に戻った。

　大河はひょいと首をすくめ、そのまま背を向けようとしたが、

「秋本様はどこへ稽古をつけに行った、いやいらっしゃったんだい？」

　と、聞いた。また、お冬は顔をしかめた。

「いらっしゃったのですか、です」

「わかった」

「わかりました、です。松平家の江戸藩邸です」

「どこにあるん……あるんでしょう？」

「お城の南のほう。溜池(ためいけ)の近くです」

そう言われても大河にはわからなかった。ただ、黙ってうなずくしかない。

「待って」

背を向けた大河にお冬が声をかけてきた。

大河が振り返ると、すぐに言葉を足した。

「父上にこれから剣術の指南をしていただくのでしょう」

「そのために来たんだから……」

「だったら、先生と呼んだほうがいいわ」

「そっか、そうだね」

「その返事もだめ」

お冬はもうあきらめたのか、正しい言葉遣いを教えてはくれなかった。

「そうか、そうですか、かな……それとも、うーんなんだか面倒くせえな」

ぶつぶつ言いながら大河は木刀を持って庭に出た。

今日は好きに過ごし、家のまわりや上野あたりを見物して土地のことを覚えろと言われていた。

素振りをして汗をかくと、お冬に出かけてくると告げて、佐蔵の家を出た。どこをどう歩けばいいかわからないので、適当に近所をぐるぐる歩き、そのうち下谷広小路に出た。

（やっぱ江戸はすごいな）

人の多さにも驚くが、色んな店がある。

大きい店小さい店。葦簀張りの茶屋。川越城下も賑やかではあるが、江戸はその何倍も繁華だ。みすぼらしい百姓の代わりに、物乞いや浮浪児のような子供もいるが、やはり身なりの整った人のほうが多い。

そんな町中を抜けて行くと、大きな沼のような場所に来た。不忍池だ。その先には小高い山があった。山門を見つけたところで、そこが東叡山寛永寺だと人に教えられた。

「将軍家の菩提寺だよ」

教えてくれた行商はそのまま去って行った。

大河はきょろきょろしながら手持ち無沙汰に町を歩いたが、ふと足を止めた場所があった。剣術道場である。

武者窓からのぞくと、防具を着けて竹刀を手に稽古に励んでいる門弟たちがいた。大河は飽きもせずに、半刻（約一時間）ほどその様子を見ていた。

（おれも早く稽古をつけてもらいたい）

もう腕が疼いていた。

その道場をあとにして佐蔵の家に戻ってくると、また別の道場を見つけた。そこは大きな道場だった。

練武館――。

大河はさっきと同じように、道場で稽古をしている門弟たちを見物した。ときどき窓に張りついている大河を見てくる者がいたが、慣れているのかなにも言われはしなかった。

稽古をする門弟は様々だ。一人でたんたんと素振りをする者がいれば、二人一組で打ち合う者、指導を受けながら型稽古をしている者もいた。

道場には気迫と熱気がこもっており、床板を踏む音とぶつかり合う竹刀の音、そして大音声の気合いが交錯していた。

窓から見物している大河は、胸をわくわくさせ、早く佐蔵の稽古を受けたいと強く思った。

家に帰っても、佐蔵はまだ帰宅していなかった。縁側でお冬が繕い物をしていたので、そばに行って、

「ちょっと聞いてもいいかな」

と、声をかけると、お冬がきっとした顔を向けてきた。

「あ、その、ひとつ聞いてもいいですか？」

「伺ってもいいでしょうか、です」

「はい、そうですね。お冬さんの母上はいないのですか？」

お冬は動かしていた針を止めて、

「二年前に亡くなりました。流行病(はやりやまい)です」

「兄さん、いえ兄上とか姉上は？」

「いません。わたしは遅く生まれたのです。父も遅い結婚でしたから……」

「それじゃ母上さんは、若かったんだ」

お冬は一度天を仰ぐように見てため息をついた。

「さようです。若(わこ)うございました。三十八でしたから。うちには下男も雇っていた

のですけれど、父が膝を悪くしてから暇を出したのです」

「なぜ？　足を悪くしたんだからいてもらうほうがいいのではないか」

「言葉遣い、覚えましょうね」

咎めるような視線を向けられる大河は、やりにくいなあと思うが、素直に聞くしかない。

「気をつけます」

「父は藩邸の他でも指南をしていたのですけれど、膝を悪くしてからはそれができなくなったのです。だから下男が雇えなくなったのです」

「……なるほど」

大河がうなずいたとき、玄関のほうで人の声がして、佐蔵が帰ってきた。

お冬に言われた大河は慌てて台所に行き、濯ぎの桶を持って佐蔵のもとに運んだ。

「大河さん、濯ぎを」

「大河、少し話をするか」

足を拭きながら佐蔵が言った。

三

「おまえが持参した手紙を読んだ」

座敷で向かい合うなり、佐蔵が口を開いた。大河は黙ってつぎの言葉を待った。

「わしは隠し事が嫌いだ。もらった手紙には、おまえに剣術の手ほどきをしてもらいたい旨が書かれていた。だが、それはおまえを真の剣術家に育てるためではないようだ」

大河はぐいっと眉根を寄せた。

「おまえは名主の倅、いずれ親の跡を継ぐ定めにある」

「継ぎたくありません。いえ、継ぎません」

「まあ、聞け。おまえはわしに大風呂敷を広げた。この国で一番強い剣術家になりたいと。その志は買ってやる。されど、おまえの親父殿はそんなことは望んでおらぬ。剣術の厳しさをいやというほど知ったら、きっと音を上げて村に戻ってくるだろうと、さような魂胆があるようだ」

大河は胸中で毒づいた。あのくそ親父めと。

「つまり、どうしてもおまえを村名主として継がせたいという思いがある。いずれは博喩堂に入れたいらしい」

博喩堂は川越藩の藩校で、講学所と呼ばれていた。

「親父殿がおまえをわしに預けたのも、その親心だ。その親の気持ちを汲んで村に帰れ。それがおまえのためだ。親も喜ぶ」

「いやです！」

大河はきっと目を厳しくして否定した。佐蔵の眉がぴくっと動いた。

「どうしても剣術をやりたいと申すか」

「そのために来たんです。遊びに来たのではありません」

「ふむ」

佐蔵は短く考えた。

「先生が教えてくれなければ他の人を捜します」

「なぜ、剣術にこだわる」

「強くなりたい。ただ、それだけです。剣術が好きなんです。おれの、いえ、わたしの性に合っているんです」

「そうか……」

佐蔵はまた間を置いて考えた。

それからじっと大河に目を据えた。大河も見返す。

「よし、わかった。教えてやろう。だが、ひとつ約束をしてもらう」

大河は目を輝かせて少し身を乗り出した。

「わしの稽古に三月ついてこられなかったら、それでやめてもらう。そのときは川越に帰る。そう約束してくれ」

大河は短く考えて、

「約束します」

と、答えた。

「男と男の約束だ。違えてはならぬ」

「はい」

「木刀を持参していたようだな。見せろ」

大河は与えられた寝間に行って木刀を持ってきて、佐蔵にわたした。

「手作りか……それも枇杷の木……。誰にこれを教えられた？」

「自分で作ったんです。教えてはもらっていません。枇杷の木が丈夫そうだから、ただ、それだけです。枇杷ではだめですか？」

「いや。ふむ、そうか」

「武者修行をしている高柳という人が、枇杷は剣の練達者が使うと言っていました」

「高柳……」

佐蔵は眉宇をひそめた。

「高柳又四郎という人でした。筋がいいと褒められました」

「なに、高柳又四郎……」

「知っているんですか？」

大河は目をまるくして佐蔵を見た。

「会ったことはないが、中西道場の三羽烏の一人だ。まさか、立ち合ったのではあるまい」

「かかってこいと言われたので、その木刀で打ち込みました。でも、体をかすることもできませんでした。あの人は強いんですね」

「名の通った人だ。ふむ、高柳又四郎殿が……さようか」

佐蔵は感心顔をしたあとで、言葉をついだ。

「明日から指南をする。だが、わしは三日に一度は藩邸に行かなければならぬ。その用がないときだけ教える」

はっと目を輝かせた大河は、さっと両手をついて頭を下げた。

「よろしくお願いいたします」

四

大河には西向きの四畳半が与えられ、日々の課題を決められた。

朝起きたら水汲み、そして素振り千回。それだけでへとへとになるが、朝餉のあとは家のなかと表の掃除。

床と座敷の雑巾掛けは勝光寺にいたときより楽だったが、

「雑巾掛けが足腰を強くする」

と、佐蔵に言われ、念を入れてやるようになった。

稽古は木刀のにぎり方から構え方、そして足さばきをあらためて教えられた。足のさばき方は、原田岩太郎に教えられていたが、佐蔵は細かく注意した。踵の上げ方、おろし方、重心の移し方。すべては腰だと佐蔵は言う。

木刀のにぎり方も、両手の十指に神経を使わなければならなかった。大河は右手のにぎりが強いので、ゆとりを持って軽く支えるように持てと指摘された。そのほうが木刀を速く振れるし、自在に操りやすくなるという。たしかにそうであった。

「すべては腰だ。腰がふらつくようではいかぬ」

そのために大河は腰に縄を結わえ、重い臼を引かされた。最初はさほど応えないが、庭を何往復もしなければならない。狭い庭といえど、重い臼を引っ張って百往復もすれば息が切れ、滝のような汗が噴き出る。

「頭と腰が上下に動かぬように足をさばけ」

大河は頭に水を入れた湯呑みを載せ、水がこぼれないように動く稽古をつけられた。

最初はゆっくりだが、徐々に動きを速くすると、水はあっさりこぼれる。こぼれたらまたやり直し。その繰り返しが連日行われた。

素振りに関しては、

「おまえのは力強くてよい。だが、もっと強く打ち込めるように鍛錬しなければならぬ」

と、佐蔵は決して甘いことは言わない。

指南を受けるようになって十日後、やっと打突の稽古になった。

佐蔵は庭の隅に直径六寸ほどの丸太を埋め込み、その上部に縄をぐるぐる巻きにした。それを敵と見立てて、打ち込むのである。

　まずは百回、そして二百回、三百回……。これは素振り千回と同様にきつかった。

縄が切れると、また新しく巻き替えられた。

「力が弱い！　もっと強くだ！」

疲れて打ち込みが弱くなると、すぐに叱声が飛んできた。

佐蔵は縁側に座って大河の動きに目を光らせている。大河の息が上がって、足がふらつくと、

「なにをしておる！　休むなッ、つづけろ！」

　と、怒鳴られる。

　大河は歯を食いしばって稽古をつづけた。

　佐蔵は三日に一度、剣術指南のために川越藩上屋敷に行く。そのときは佐蔵からの指図はなにもないが、大河は自己鍛錬に励んだ。

　子供の頃から野山を駆けまわっていたのだから、稽古が多少厳しくてもついていけると思っていたが、あにはからんや毎日反吐が出そうなほどきつかった。だが、大河は決して弱音を吐かなかった。

ひょっとすると、佐蔵は父親の意向を呑んで、早く音を上げさせようとしているのではないかと勘繰りもした。そうであれば、なおさら泣き言は言えなかった。

厳しい稽古は雨の日も休みなく行われた。諸肌脱ぎの肌は日にさらされるので黒く焼けた。素足であるから足裏の皮膚はいつしか硬くなり、手はまめができては潰れるの繰り返しで、ときに指から血が噴き出ることもあった。

江戸は桜の季節を迎えたが、大河には花見などする余裕はない。そして、桜が散り、躑躅が咲き、そして散り、皐月の花が見られるようになった。

そんな季節の風趣をなんとなく感じるのは、お冬が壺に活けたり一輪挿しに入れたりするからだった。

そんなお冬は大河の言葉遣いが悪いとすぐに指摘してきたが、それも日がたつにつれて少なくなった。礼儀作法も佐蔵よりお冬に教わることが多かった。

小生意気でうるさい女だと思っていたが、自分ができるようになると、お冬は素直に褒めてくれた。大河はそのことに気をよくし、わからないことがあると、自ら訊ねるようにもなった。

佐蔵の家に住み込んで二月が過ぎたとき、

「大河、おまえはなかなか気骨がある。正直なところ感心いたした。そろそろわしが相手をしてもよいかもしれぬ」

　佐蔵にそう言われた大河は、きらきらと目を輝かせた。

「いつまでいまの稽古がつづくのかと思っていたのです」

「これまでのことは向後もつづける必要がある。だが、そろそろ腕が疼いておろう」

　佐蔵は大河の胸の内を見透かしたことを言う。

「竹刀を持て」

　大河は新しい竹刀をわたされた。

　真っ先に感じたのは「軽い」ということだった。

「どうだ。軽いだろう。おまえの木刀は丈夫で重い。それを振りつづけていたから、軽いと感じるのはもっともなことだ。しかし、真剣は竹刀の比ではない。おまえがこれまで使った木刀とほぼ同じ重さがある。その分、竹刀を速く振ることができる。いまは戦の世ではない。どこの道場へ行っても、竹刀を使っての稽古をし試合をする。その試合で勝ち抜いた者が強いと認められる。武士は腰に大小を差しているが、真剣を使って斬り合うことなどめったにない。おまえがもし、刀で人を斬るために剣術を習うのならそれは間違いだ。いまや、腰の刀は飾りに過ぎぬ。そう覚えておけ」

「はい」

佐蔵は縁側を下り、ゆっくり庭の中央に立った。

「好きなように打ってこい。手加減はいらぬ」

佐蔵がすっと竹刀を前に出して中段に構えた。大河も同じように構えた。

風が流れていたが、一瞬刻が止まったように感じられた。

「来いッ」

大河は誘いの声をかけられて、摺り足を使って間合いを詰めた。

五

間合い一間半、大河の足が止まった。

佐蔵は隙だらけだ。しかし、安易に近づけない妖気を漂わせている。

（これはなんだ……）

「来いッ」

佐蔵が誘って、左脇を空けるように竹刀を右に移した。

瞬間、大河は地を蹴って佐蔵の左胴を狙って打ち込んだ。

バシッ。

佐蔵は大河の竹刀を打ち落とした。竹刀は大河の手から放れはしなかったが、危うく落としそうになった。

気を取り直し、間合いを取り、竹刀を中段に構えて前へ進む。

佐蔵はゆったりした構えで、まったく力みが感じられない。竹刀を持つ手にも腕にも肩にもゆとりがあるように見える。

佐蔵は右膝が悪い。その分動きが鈍い。大河は佐蔵よりはるかに敏捷だ。だから大河は間合いを詰めると見せかけ、右にまわった。

佐蔵の剣尖が大河の喉を狙って動く。大河はさらに速く動いた。それでも佐蔵の剣はぴたりとついてくる。

「なにをしておる。打ってこい」

誘いの声をかけられた大河は、左腕を狙って打ち込んだ。ビシッ。竹刀が擦り上げられた。同時に横腹を打たれた。

「うっ」

大河は小さくうめいて下がると、そのまま地を蹴って上段から打ち込んでいった。

ところが、目の前にいるはずの佐蔵の姿が消えた。

大河の竹刀はビュンと風切り音を発して空を切っていた。その刹那、左肩に佐蔵の竹刀が飛んできた。

ぴしりと肉をたたく音がして、汗が飛び散った。

そんな馬鹿な。大河は悔しそうに口を引き結ぶと、再度打ちかかった。右面左面と連続攻撃である。

だが、竹刀はことごとく打ち払われ、擦り落とされ、撥ね返された。

「まだまだ。もっと打ってこい」

誘いの声をかける佐蔵の呼吸は少しも乱れていない。汗もかいていない。対する大河は息が乱れ、すでに汗を噴き出していた。

「やあー!」

気合いを発して正面から面を狙って打ち込んだ。

横に払われたつぎの瞬間、大河は小手を打たれた。手首がしびれ、竹刀を落とした。慌てて拾った瞬間、肩口に衝撃。膝をついた。直後、腰を打ちたたかれた。

大河はたまらず横に転がった。

佐蔵が仁王立ちのまま、

「一度ぐらいわしの体にあててみろ。わしは膝が悪いのだ」

さあ、来いと佐蔵は竹刀を構え直す。

大河は立ち上がって佐蔵の正面に立った。ゆっくり間合いを詰めていく。生唾を呑む。額から流れる汗が頬をつたい、顎からしたたり落ちる。胸にも背中にも滝のような汗が流れている。

「くそっ」

短く吐き捨て一気に間合いを詰め、脳天目がけて打ち込んだ。今度は決めたと思った瞬間、目から火花が散った。

逆に脳天を打たれたのだ。くらっと目眩がして、体がよろけた。右腕に衝撃、さらに後ろ首にも衝撃。

大河はふらふらになりながら大きく下がった。両肩を激しく動かして、息を吸い込んで吐いた。佐蔵は静かに見つめてくる。

(なぜあてることができないんだ)

悔しさと焦りで、大河の頭に血が上っていた。

(今度こそは)

そう思って間合いを詰める。

竹刀を中段から上段に上げて飛び込もうとしたそのとき、佐蔵の竹刀がまっすぐ伸びてきた。

（あッ）

一瞬のことで、大河は胸を突かれ、そのまま背後に倒れて尻餅(しりもち)をついた。

「これまでだ」

佐蔵は竹刀を納め、そのまま右足を引きずって縁側に腰を下ろした。

「これへ」

言われるまま大河は、佐蔵の前に立った。汗を拭(ふ)けと言われ、わたされた手拭い(てぬぐい)で顔や胸、そして脇の下を拭いた。

「なぜ、わしの体にあてることができなかったか。わかるか？」

大河は乱れた呼吸を整えながら、真摯(しんし)な目を佐蔵に向ける。

「先生が強いからです」

「それはおまえが弱いからだとも言える。そもそも、おまえの竹刀は遅い。太刀筋(たちすじ)が鈍すぎるのだ」

「は……」

考えてもいないことを言われた。

大河は重い木刀を振りつづけてきた。日に千回の素振りもやってきた。それなのに、太刀筋が鈍いとは！

「おまえは同じ年頃の子供に比べたら体も大きいし、腕も足もよく鍛えられている。この家に来て、さらに磨きがかかり、初めて会ったときより逞しい体になった」

「………」

「だが、竹刀を振る速さが遅いから、わしにはおまえの動きが手に取るように見える。わしから一本も取れなかったのは、そのせいだ。おまえは竹刀を速く振れると思っているだろう」

「……はい」

「おまえが持ってきた木刀。あれは重くて丈夫だ。それを振りつづけていた。そうだな」

「はい」

「それは無駄ではなかった。向後もつづけるべきだ。しかし、重い木刀を振るというのは速さにはつながらぬ。速く振るためには、軽いものを振りつづけ、その速さを体にしみ込ませるのだ」

「軽いものを……」

大河は目をぱちくりさせた。

した。

「さよう」

佐蔵は体を伸ばして戸袋の近くに置いていた竹刀をつかんで、それを大河にわたした。

その竹刀はこれまで使ったものよりはるかに軽く、少し長かった。振ってみろと言われたので、大河は素振りをした。

びゅんびゅんと、風切り音がした。軽いからさっと振れる。疲れもこれまで使った木刀の半分も感じない。

「しばらくその竹刀で速く振る稽古をしろ。いずれ、相手に見えぬ速さで振ることができるようになる」

「目に見えぬ速さで……」

「そうだ。剣は瞬息でなければならぬ。それは剣を速く振るということだ。相手に先に打ち込まれても、剣が瞬息なら負けることはない」

「やります」

大河は目を輝かせて佐蔵を見た。

「おまえがうちに来て二月がたった。あと一月指南してやるが、そのときわしの体にあてることができなければ、剣の道をあきらめて実家に帰るのだ。容易く剣術で飯は食えぬ」

「……………」

大河は挑むような目を佐蔵に向けた。

「おまえの剣の素質をあと一月で見極める。わしの眼鏡にかなわなかったなら、実家に帰る。そう約束しろ」

大河は奥歯を嚙んで短く考えたが、肚をくくった。

「承知しました」

六

日は大地を焦がすほど熱い日射しをもたらしつづけている。

江戸には蟬の声がこだまし、冷や水売りの声が聞こえてくる。風鈴売りの声と、ちりんちりんと鳴る涼やかな風鈴の音。

塩売りも遠くからやってきて、徐々に遠ざかっていく。

えー、塩えーぃ、塩。塩えーぃ、塩……

そんな振り売りの声など大河の耳には入らなかった。

日々黙々と鍛錬をつづける毎日である。股引に上半身裸に素足。顔も体も真っ黒に日焼けして、引き締まった体が精悍になっていた。

素振り千回、臼引き百往復、新たにもらった軽い竹刀での素振り、藁を巻いた丸太への竹刀での打ち込み……。

佐蔵は三日に一度、迎えに来た駕籠で川越藩松平家の上屋敷に出かけていく。そんな日も同じ稽古を繰り返す。

佐蔵がいるときには、足のさばきを徹底的に仕込まれるようになった。おかげで頭に載せた湯呑みの水を、こぼさないようになっていた。

頭と腰の浮き沈みがなくなったのだ。さらに大河は、自分の竹刀の振りが速くなったことを感じていた。

その上達ぶりに、佐蔵は目をみはっていたが、決して褒め言葉は口にしなかった。

「少し休んだらいかがです」

稽古中にお冬が声をかけてきた。

大河が汗だらけの顔を向けると、お冬が縁側に立って柄杓に入った水を差し出してきた。

「ありがとうございます」

大河は素直に受け取って喉を鳴らして水を飲みほした。

「なんでも覚えるのが早いのね」

大河はお冬を見て、小さくまばたきをした。

「わたし、ずっと見ているけれど、そう思うの。それに言葉遣いを覚えるのも早い。このごろ、わたし、あまり注意をしないでしょう」

「はあ、そうですね」

「それに礼儀正しくおなりになりました」

「ほんとうですか？」

お冬はひょいと首をすくめて微笑んだ。

「川越ではどんなことをしていたの？　おうちのお手伝い？」

「いいえ」

「教えてくれませんか」

お冬はきちんと座り直して団扇をあおいだ。縁側に吊された風鈴が、ちりんちりんと心地よく鳴る。

「寺子屋にも行きましたが、村の子供たちと川に入っては魚や蜆を採ったり、山に登っては茸や苺を採ったりしました。秋には柿を夏には西瓜を、春には春の果物を採りました。蜜柑もあれば李もあるし、葡萄や茱萸、石榴に枇杷……いろいろです」

「なんでもあるのね」

「江戸のようにいろんな店がないので、野や山にあるものを食べるのが楽しみなんです」

「わたしの母もそんな村で育ったのね」

お冬はどこか遠くの空を見るような目をしてつぶやいた。

その面差しは淋しそうに見えた。大河は母親に先立たれたお冬が、まだその母親を慕っているのだと思った。

「他にはどんなことをしたの？」

お冬はふいに顔を戻した。

大河は友達と戦ごっこをしたことや、川に入って水遊びをしたこと、そして百姓の馬を借りて乗りまわしたことなどを話した。馬は勝手に拝借して怒られたのだが、そのことは口にしなかった。

話をしているうちに、仲良く遊んでいた仲間の顔が脳裏に浮かんだ。岩じいに剣術の手ほどきを受け、戦ごっこをして遊んだが、誰にも負けることはなかった。

しかし、あれは遊びに過ぎなかった。いま大河は本物の剣術を習っている、身につけているという自覚があった。

「田舎はのびのびとしていて楽しそうね。それなのに、どうして厳しい稽古を受けつづけるの。いいえ、あなたが剣術の腕を上げたいと思っているのは知っています。でも、きつくないの？　辛くはないの？」

「きつくても辛くても耐えなければ、強くならない。わたしは真に強い剣術家になりたいんです」

「父上に日本一の剣術家になると言ったそうね」

「そのつもりです」

大河は目をきらきらさせてお冬を見た。

「だったらおなりになったらいいわ」

大河はかっと目をみはった。

まさか、そんなことを言われるとは思っていなかった。

「でも、それはいつになるかしら……一年先、三年先、それとも十年先かしら……」

「それは……わたしには、わからないことです。でも、早くなりたいと思います」

「でも父があなたを認めなかったなら、川越に帰らなければならないわね」

大河はうつむいた。だが、すぐに顔を上げて言葉を返した。

「認めてもらいます。だから稽古をするしかないのです」

「わたしも認めてもらえることを祈っています」

お冬は立ち上がると、そのまま座敷に引き返した。

大河はその後ろ姿を見送ってから、熱い日射しのなかに戻った。ぎらぎらと光る日をにらむように見て、口を引き結んだ。

七

大河に約束をした三月まで、あと半月を切った日のことだった。

佐蔵は松平家上屋敷での剣術指南を終え、表御門から出たところだった。待っている駕籠に杖をつきながら近づいたとき、背後から声をかけられた。

「先生、近くまでごいっしょしましょう」

広瀬伊織という藩邸の弟子だった。剣術の腕は藩内で五本の指に入る男で、徒頭を務めていた。

「非番でござろうか」

「はい、今日と明日は暇をいただいております。よければ少し話をさせていただけませぬか」

相談事でもあるのかと思った佐蔵は、急いで帰る必要もないので快諾した。

そのまま駕籠を使わず伊織と並んで歩いた。汐見坂を下ったところに小さな茶屋があり、二人はそこに入った。

茶屋には蟬時雨が充満しており、風がなかったので扇子を使って胸元に風を送った。

「なにか相談でもあるのでは……」

茶が運ばれてきたあとで佐蔵は伊織に顔を向けた。伊織は四十歳だが、面立ちが整っているせいか実年齢より四、五歳若く見えた。

「いえ、たまにはこうして先生と茶でも飲みたいと思っていたのです。ご指導を受けるばかりで、他のことを話したことがありませんので……」

伊織は少しはにかんだ顔をした。

「ふむ、言われてみればさようであるな。雑談などめったにしないからな」

「内弟子を預かっておられると聞いたのですが、ほんとうでございましょうか」

「まあ、内弟子というほどのものではない。縁のある家の倅なので、面倒を見ているだけだ」

「お若いので……」

「十三だ」

「それはまたずいぶんとお若い」

「これが面白い子供でな。すぐに音を上げると思ったが、なかなか強情者だ。わたしの教えについてきよる」

「すると武家の子で？」

「いや百姓の倅だ。百姓と言っても村の名主の子だ。親は跡を継がせたがっているが、当人は剣術家になりたいと言って聞かぬ。仕方なく三月という期限を切って稽古をつけているが、見所がある。ひょっとしたら面白い拾い物をしたのではないかと、ときどき思うほどだ」

「すると、その子には素養があるということでしょうか」

「うむ、ありそうだ。もう少し試してみぬとわからぬが、わたしの目に狂いがなければ、あれはものになるやもしれぬ。そうは言っても、親元に帰してやりたいという思いもある。ここしばらくそのことを考えているのだが、さてどうしたものか……」

佐蔵は空に聳えている入道雲をまぶしそうに眺めた。

「先生がそうお感じになっていらっしゃるのなら、お育てになればよいのに」

「迷わせるようなことを言ってくれる」

佐蔵は苦笑いをして茶を飲んだ。

それから藩内のことや、他愛もない世情について話した。

「先生ともっとこうやって、近い間柄になりとうございます。お引き留めお許しください」

「気にすることはない。わたしも指南するだけでは、少し物足りぬと思っていたのだ。気が向いたら一度遊びにまいれ」

「お邪魔してよろしいのですか？」

伊織は目を輝かせた。

「かまわぬ。狭い家でこれといったもてなしはできぬが、酒の相手なら喜んで受ける」

伊織はさも嬉しそうに頰をゆるめ、

「是非ともお願いいたします」

と、頭を下げた。

大河が佐蔵の家に居候して三月がたった。

その日、佐蔵はいつものように川越藩邸での剣術指南があり出掛けていったが、大河は朝から落ち着かなかった。

昨夜、

「大河、明日おまえを試す。それで向後のことが決まる。心しておけ」

と、夕餉の席で佐蔵に言われたからだった。

庭に木刀を持って立ったが、心の臓が騒いでいた。もし、今日佐蔵から一本も取ることができなかったら、実家に帰らなければならない。

(それはいやだ! なんとしてでも剣の道を極めたい)

強い思いはあるが、佐蔵と男と男の約束をしている。違えることはできない。

(しかし、おれはできる。必ずや一本取る!)

と、心に誓いを立て、いつものようにゆっくり素振りから稽古をはじめた。

夏の日射しは容赦なく照りつけてきて、肌を焦がす。真っ黒に焼けた皮膚には汗が浮かび、いくつもの筋となって流れる。

木刀と竹刀によってできたたこは固くなり、素足の裏も草履のように厚くなっていた。足と腕は幼いながら隆とした筋肉に包まれている。

生まれ育った実家にいたときには野山を駆けまわって遊んでいたが、江戸に来てからは近所の店に言いつけられた買い物をしに行く程度で、大河の居場所は佐蔵の家の庭と与えられた部屋だった。

それでも文句はなかった。ひたすら佐蔵の教えに従い、きつい鍛錬に耐えてきた。血反吐(へど)が出るほど苦しいときもあったが、決して弱音など口にしなかった。歯を食いしばり、佐蔵の教えに食らいついてきた。

しかし、それは今日で終わるかもしれない。三月は長いようで短かった。振り返ってみれば、あっという間のことだった。

木刀での素振り千回から、臼(うす)引き百往復。藁(わら)を巻いた丸太への打ち込み五百回。足のさばきを何度も繰り返し、振る速さを上げるために軽くて長い竹刀を使っての素振り千回。

朝から晩まで同じ稽古の繰り返しだった。技も型も教えられていない。

一度、技を教えてくれと請うたことがある。

「百年早いッ。余計なことなど考えず、黙ってわしの教えを守るのみだ。基本を疎(おろそ)かにしてはいかぬ。いまはまだ基本の基なのだ。だが、ゆくゆくは技に生きてくる。逸(はや)るな、逸ってはいかん」

そう佐蔵に諭され、大河は黙って引き下がり、一切の邪念を振り払い、言われたことだけをやりつづけてきた。


「今日、父上に試される日ですね」

昼餉(ひるげ)を終えたとき、お冬が茶を出しながら言った。

「はい」

「大河さん、あなたなら大丈夫よ」

大河は飯碗(めしわん)を持ったままお冬を見た。口の端にやわらかな微笑を浮かべていた。

「わたし、ずっと見ていたから、きっと大丈夫。ほんとうのことを申しますけど……」

「なんでしょう？」

「あなたは何でも覚えが早い。この家に最初に見えた日は、なんと粗暴で無作法な人なんだろうと思った。おそらく一月ももたずに逃げ出すと思っていた。でも、そうはならなかった。あなたは耐えて耐え抜きました。見ていて可哀想になるぐらいだったけれど、あなたのがむしゃらなほどの負けじ魂には感心しました」

「でも、今日先生から一本も取れなければ……」

「取れます。そう信じることです」

大河は胸を熱くした。

お冬の態度は日を追うにつれ変わってきたが、これほどやさしい言葉をかけられたのは初めてだった。

「ありがとうございます」

「しっかりね」

お冬はそう言って、空いた器を片付けにかかった。

八

蟬の声が一段と高くなり、西日が縁側をあぶりはじめた頃、いつものように佐蔵が駕籠(かご)で帰ってきた。駕籠舁(か)きと短いやり取りをする佐蔵の声が聞こえると、縁側のそばに座っていた大河は、急いで台所に行き、濯(すす)ぎを用意して玄関で待った。

「いま帰った」

「お帰りなさいませ」

大河は佐蔵の足許(あしもと)に濯ぎを置いた。

「大河、一服したら早速はじめる。支度をしておけ」

「はい」

大河は言われたまま支度にかかった。

昼間の稽古で汗だらけになった股引と小袖は洗って干してあるので、新しい股引を穿き、膝切りの着物を着て、尻を端折った。

竹刀をつかみ先に庭へ行って待つ。自分の影が長くなっている。いつも稽古をしていた藁を巻いた丸太が目の前にあった。藁はすぐに潰れ、切れ、くずになった。だから何度も巻き直していた。

その丸太に一匹の蝉が飛んできて止まり、すぐに飛び去った。そのとき、佐蔵が玄関からあらわれた。

杖を頼りに歩いてくるが、左手に竹刀を持っていた。

「心構えはできているな」

聞かれた大河は佐蔵に挑むような視線を向け、

「むろん、できております」

と、はっきり答えて唇を引き結んだ。

「では、はじめるか」

佐蔵は杖を縁側に置くと、間合い三間を取って大河に正対した。

縁側にお冬があらわれたのを、大河は目の端でとらえたが、いまは精神を集中するときだった。

小さく息を吐き、臍下(せいか)に力を込める。もうそれだけで周囲の景色はなにも見えなくなった。目の前に立つ佐蔵の姿のみが視界いっぱいに広がる。

佐蔵は片肌脱ぎになってから、竹刀を中段に構え、

「今日は遠慮はせぬ。おまえも遠慮はいらぬ。まいれ」

大河も中段になって摺(す)り足で前に出る。佐蔵は身動きもしない。

「おりゃあ！」

大河は腹の底から気合いを発した。そのまままさらに前に出ると、即座に右面を狙って打ち込んだ。左に払われたつぎの瞬間、肩をたたかれていた。

はっと目をみはったが、気持ちを取り直してもう一度対峙(たいじ)する。じりじりと前に出るなり、上段から唐竹割りの一撃を見舞った。

ばしッ！

またもや払われた。つづいて横腹に佐蔵の竹刀がたたきつけられた。

まったく歯が立たない。

それに、佐蔵は最初の立ち位置からほとんど動いていない。

大河はあきらめず前に出る。

とにかく一本取らなければ、田舎に帰らなくてはならない。

(一本だ、一本でいいんだ)

歯を食いしばって今度こそはと、右面左面と打ち込む。右へ左へとかわされる。

さっと跳びすさるや、そのまま地を蹴り面を打ちにいった。

佐蔵は半身になってかわすと、大河の背中に一太刀浴びせた。

「あッ……」

振り返ったところに、面を狙った竹刀が飛んできた。防ごうと思ったが間に合わず、額の生え際をたたかれた。

「ええい、くそッ! おりゃあー!」

苦し紛れに体あたりするように打ち込んでいった。竹刀が風を切ってうなる。その剣尖は佐蔵の左肩をとらえていた。

取ったと思った。しかし、小手をたたかれていた。腕がしびれて後ろに下がる。

佐蔵は静かに眺めてくるが、その眼光は大河の闘争心を威圧するように鋭い。だが、大河は負けじとにらみ返す。

「まだ、まだー！」

中段に構え、自分に活を入れる。

即座に間合いを詰め、中段に構えた竹刀を下段に移し、間髪を容れず斬り上げるように振る。びゅんと、竹刀がうなる。

佐蔵は一足だけ後ろに下がってかわす。

大河は大きく右足を踏み込み、佐蔵の胴を狙った。

瞬間、脳天に佐蔵の竹刀が打ち込まれる。

今度のは強烈だった。目から火花が散り、くらっと目眩がした。下がろうとしたところで、右肩をたたかれ、ついで右腕もたたかれた。強い打ち込みだった。手に力が入らなくなり、そのまま竹刀を落とし、両手を地面についてしまった。

「これまで」

佐蔵が終わりを告げた。

「大河、たった三月の稽古でわしから一本取れると思っていたか」

「…………」

「剣術は甘くない。そのことがよくわかったであろう」

大河は悔しかった。唇を嚙み、奥歯を嚙みしめた。力の差を思い知らされた。おのれの不甲斐(ふがい)なさと、自分への腹立ち。悔しくてならなかった。

地面についた両手のそばに、ぽたぽたと涙のしみが作られた。大河は肩をふるわせて泣いた。人前で泣いたことなどなかったのに、これほどの失意をどうやって誤魔化せばいいかわからなかった。

「……まいりました」

ようやく声をふるわせて言った。

第三章 元服

一

嘉永元年（一八四八）――寺尾村

山本甚三郎は着慣れない肩衣姿で川越城から帰宅するなり、座敷に上がって楽な着流しに着替えた。

「やれやれだわい」

そう言ってため息をついた。

「いったい、なんのご用があったんです？」

脱ぎ散らかした着物を片づけながら女房のお久が顔を向けてくる。

「また人夫を出せと言われたんだ。なんでもお殿様がお上のご命令で大勢のご家来を、海岸端を守るために出されたので、城下の道普請と橋普請の人手が足りないらしい」

「海岸端の守りってなんですの？」

お久が裃を畳みながら見てくる。

「わしにもようわからんが、なんでも異国の船がずうずうしく江戸に近い海にやってきてるらしい。お殿様はお上から相模国の三浦という地の守りを命じられている。そのためにご家来がどんどんこの国から出て行くので、人が足らんのじゃ」

「でも、普請をやってもご家来の助はないでしょうに」

「殿様の命令だ。聞かぬわけにはいかんだろう。今夜は村の者を集めて、人夫を何人出せるか相談しなくちゃならん」

甚三郎はまた大きなため息をついた。

「それより大河のことはどうなっているのです？　もう家を出てからまる一年になるんですよ。三月か半年で帰ってくると思っていたのに、もう一年です」

「そう言われればそうだな」

甚三郎はここしばらく名主としての村政に忙しく追われていたので、大河のことを考える暇がなかった。もちろん忘れたわけではない。いずれ、自分の跡を継がせなければならないと強く思っている。

「なにをぼーっとしたことを。あの子はこの家の長男ですよ。跡を継ぐ倅ですよ。音を上げてすぐに帰ってくるとのんきなことを言ったくせに、もう一年たっているんです。手紙のひとつも寄越さないで、いったいなにをしているのか心配にならないんですか」

「目くじら立てて言うんじゃない。わしだってあいつのことを忘れたことはない。だが、たしかにそうだな。便りのひとつぐらいあってもよさそうなのに、大河はともかく、秋本様から知らせはあって然るべきだな」

「あなた」

お久が座り直して、膝を詰めてくる。

「一度江戸に様子を見に行ったらどうです。ほんとうに秋本様の家に行っているのかどうかわからないではありませんか。江戸にはうようよと、そりゃあいろんな人がいると言うじゃありませんか。もし悪い者の仲間にでもなっていたらどうします。そんなことだったら、家の恥になりはしませんか。あなたの顔に泥を塗るようなことをしていたら、村の笑い物ですよ。ただでさえ、あの子の評判はよくないんですから」

「ぽんぽんよくしゃべりやがる。しかし、たしかにそうだな。これはひとつなにか考えんといかん」

「あなたが無理なら、わたしがお清を連れて見に行ってきましょうか」

「おまえとお清で……」

甚三郎はまじまじとお久の顔を眺めて首を振った。

「それはいかん。女の二人旅は危ない。わかった、村のことが少し落ち着いたら、わしが行ってくる。江戸で悪さしているようだったら、首に縄をつけてでも連れ帰る」

「こんなことは早いに越したことはないです。さっさと仕事を片づけて行ってきてくださいな」

すがるような目を向けてくるお久に、甚三郎はわかった、わかったと答えた。

二

川越藩上屋敷——
大河は武道場に上がってすぐの下座隅に端座していた。道場では気合いの入った稽古がつづけられており、大河は目を輝かせて門弟たちの動き、それこそ一挙一動を見逃さないとばかりに見学していた。

上座の見所には佐蔵が座っており、弟子たちの稽古ぶりを眺めている。気になることがあると、やおら腰を上げ、竹刀を杖代わりにして近づき注意を与えたり、同じ動きを繰り返させたりしている。

稽古は基本の素振りから、型稽古、打ち込み稽古、そして勝敗を決める試合形式の稽古などがあり、門弟はいくつかの組に分かれて汗を流している。

門弟は日によって違うが、四、五十人ほどだ。そのなかに大河は入ることはできない。しかし、右膝の悪い佐蔵の介護役中間という名分で道場に入ることを許されている。

稽古はできないが、見学は大河にとってよい勉強になっていた。佐蔵からは稽古の見学をすることも、ひとつの稽古であるから疎かにしてはならぬと言い聞かせられている。

門人の稽古や試合を見て、優れている点を見つけ、また巧妙な技をいかにしたら自分のものにできるかを研究できるのだ。

大河は約一年前江戸に出てきて、佐蔵の内弟子になった。三月の間は稽古についてこられるかどうかを試された。

それはいやというほど厳しい鍛錬だったが、大河はそれに耐えた。そして内弟子になって三月後に、実家に帰るかこのまま剣術の道を歩めるかを試された。

約束は佐蔵から一本取ることだった。だが、できなかった。手玉に取られるようにあしらわれ、結局はたたき伏せられた。

自分の夢はこれで終わりだと思った。剣術への断ち切れぬ思いも、潔くあきらめなければならないと悔し涙に暮れた。

しかし、思いもよらぬことに、佐蔵は言った。

――大河、わしのもとでいましばらく稽古に励め。わしはおまえの素質を知った。もう少し指南してやりたい。それがいやなら帰れ。

もちろん、大河は帰らなかった。

無限の深みに落とされ、すくいあげられたような心境で、佐蔵についていくと頭を下げた。

目の前では門弟らが激しい稽古をつづけていた。

床板を踏む音、竹刀のぶつかり合う音、竹刀にたたかれる防具の音、そして裂帛(れっぱく)

の気合いを込めた声が、飛び散る汗といっしょに道場内に充満していた。

大河にはどの門弟が強いか、どの門弟の技量が低いかを大まかに見分けることができた。だから、稽古を見る大河の目は自然、練達の門弟に注がれる。背が高い低いは関係なかった。要は技量だということを知った。

この道場の稽古を見学するようになって、自分がどれほど驕っていたか、いかに自分の力にうぬぼれていたかを思い知った。

そして、昨年の夏、佐蔵に試されたときのことを思い出して、無茶もいいところだったということがよくわかった。

ときどき、佐蔵はまだ技量の浅い門弟の相手をするときがある。好きに打ち込ませるのだが、気に入らないと返し技で逆に打ちに行く。その素速さ、身のこなしは、とても膝が悪いとは思えないほどだ。

こんな人から一本取るのはとても無理だとわかった。しかし、大河にはいつの日か必ず佐蔵を超えるのだという、秘めた強い思いがある。

稽古が終わると、佐蔵は門弟らの慇懃な礼を受けて上屋敷をあとにする。表門を出ると、町駕籠が待っていてそれでまっすぐ帰るときもあれば、寄り道をするときもある。

その日の稽古が終わって、佐蔵のそばを歩く大河は、表門からぞくぞくと入ってくる藩兵に気づいて足を止めた。

「相州の警固から戻ってきた兵だ」

佐蔵も足を止めて、彼らを眺めた。

川越藩は文政三年（一八二〇）以来、相州三浦郡の警固にあたっていた。これは江戸湾に接近してくる異国船を排除するためだった。

そして、昨年の二月には幕府から新たな命を受け、浦賀奉行の下で三浦半島一帯の警固についていた。

沿岸警固は川越藩だけでなく、他の藩も同じ任を受け、忍藩は外房、会津藩は内房、彦根藩は鎌倉沿岸といった按配だった。

江戸藩邸に帰ってきた藩兵らには一様に疲れが見えた。草鞋は擦り切れ、手甲脚絆に野袴、打裂羽織は旅塵にまみれていた。荷駄や長持ちなどがあとから入ってきて、兵たちは表御殿前にへたり込むようにして座った。

大河と佐蔵はそんな兵たちを横目にして表門を出た。休んでいた駕籠舁きが立ち上がって、佐蔵を乗せる支度にかかったが、

「少し歩こう。今日は気持ちがよい」

と、佐蔵は爽やかに晴れている空を眺めた。

「あの兵が帰ってきたのなら、警固が手薄になっているのではありませんか」

大河は疑問を口にした。

「二日前に代わりの兵が送り出されている。ぬかりはないさ。さて、串団子でも食って帰ろう」

佐蔵は杖をつきながら汐見坂を下りる。

大河は黙ってあとに従う。佐蔵が剣術指南をする際に供をするようになって約半年がたっていた。その間に江戸の地理がようやく自分のものになった。もっともそれは江戸城周辺のことである。

佐蔵は自宅と藩邸を往復する際、日本橋を通る経路と四谷を抜ける経路を使うが、ときどき脇道に入ったり、わざと遠まわりしたりすることがある。そんな次第なので、大河は自ずと江戸の地理を覚えていった。

汐見坂を下りるとそのまま愛宕下から通町（東海道）へ抜けた。その後、芝口橋から日本橋へ向かう大通りを歩く。

佐蔵は杖をついてはいるが、歩行速度は遅くはなかった。足を引きずりながらもすたすたと歩くのだ。

「そこの店だ」

京橋の近くに来て、佐蔵は一軒の茶屋を指さし、そこの串団子はうまいと言う。

それはたっぷりタレのついたみたらし団子を頰張ったあとだった。

「そろそろ立ち合い稽古をやるか……」

大河は空耳だったかと思い、目をみはって佐蔵を見た。

「まずは広瀬伊織あたりに相手をさせるか」

「まことに……広瀬さんと……」

大河は心の臓を高鳴らせた。

広瀬伊織はときどき佐蔵の家に遊びに来る川越藩の徒頭で、門弟のなかでも強者だった。佐蔵が目をかけているのは知っていたが、伊織は大河を可愛がってもいた。

「近いうちにあれを家に呼ぶ。そのときに稽古をつけてもらおう」

三

その日の昼に、花川戸河岸に着いた川越夜舟を下りた甚三郎は、久しぶりの江戸なので浅草寺、上野をまわって佐蔵の家を探して歩いていたが、急ぐ旅ではないので、足取りはのんびりしていた。

川越城下よりはるかに賑やかで華やかな江戸は、心を浮き立たせるものがある。年甲斐もなく、艶やかな着物を着た町娘に出会うと、見惚れて立ち止まったりもした。

上野の山もそうだが、不忍池の畔にも桜の花が咲いていた。その花も江戸の町に興趣を添えている。

（江戸は川越より桜の開花が早いようだな）

桜を愛でて歩く甚三郎は、ときどき重い風呂敷包みを抱え直した。酒屋を見れば、帰りには下り酒を土産に買おうと思い、大きな小間物屋を見れば女房と娘に、簪と口紅でも買おうと勝手な計画を立てた。

秋本佐蔵の家に近づくと、はてこのあたりのはずだがと思い、行き会った人に何度か声をかけて訊ね、ようやく佐蔵の家に辿り着いた。

閑静な武家地にある家だが、思っていたほど大きな屋敷ではなかった。

（ここであったか……）

ひとつ空咳をして木戸門を入り、開け放たれている玄関で訪いの声をかけると、すぐに奥から十六、七と思しい娘が出てきた。器量よしだ。

「つかぬことをお伺いいたします。こちらは秋本佐蔵様のお屋敷でございましょうか？」

「さようですが、どなた様でしょう？」

娘は澄んだ瞳（ひとみ）をまっすぐ向けてくる。

「わたしは川越寺尾村の山本甚三郎と申す者でございます。こちらにわたしの倅（せがれ）大河がお世話になっているはずなのですが、おりますでしょうか？」

「いまはいません」

甚三郎ははっと顔をこわばらせた。

ひょっとすると、この屋敷を抜け出し、見知らぬ町で遊びほうけているのかもしれない。よもや悪さをして、町奉行所の世話になってはいないだろうかなどと、忙しく心配し、心細くなった。

「いまはいない、ということは以前はお世話になっていたということでしょうか？」

甚三郎は声を低め、恐る恐る訊ねる。

「いいえ、父の供をして出掛けているだけです」

甚三郎はほっと安堵（あんど）のため息をついて、

「そういうことでございましたか。いやいや、不出来な倅ゆえ、また悪さでもして、こちらから追い出されたのではないかと、肝を冷やしました」

　と、額の汗をぬぐった。

「ご安心くださいませ。大河さんは真面目に修業を積まれています。あ、わたしは秋本の娘の冬と申します」

「やはり、そうでしたか。いや、おきく様に似てなかなかの別嬪さんでございますな」

「あ、はい。でも母は三年前に他界いたしました」

「えっ、おきく様がお亡くなりに……それはちと早すぎたのでは……いや、そうとは知らずに失礼つかまつりました。そうでございましたか、それは残念な」

「どうぞお上がりください。じきに父も大河さんも帰ってくると思いますので、どうぞ」

　甚三郎は遠慮しながらも座敷に上げてもらい、お冬から茶を出してもらった。

　小さな家だが掃除が行き届いており、床も柱もぴかぴかに磨き上げられている。塵ひとつ、埃ひとつない。

　縁側の向こうに庭があるが、庭園ではなかった。板塀のそばに低木の百日紅や柘植の木があるぐらいだ。その庭の端に縄を巻いた丸太が立てられていた。

(なんだろう?)

疑問に思ったが、あえて訊ねはしなかった。

すでに高かった日は傾いており、風が幾分涼しくなった。

表からご苦労であったなどという声が聞こえてきたのは、それから間もなくのことだった。

「お帰りになりました」

お冬が告げに来て玄関に向かった。

甚三郎が自分も行くべきかどうか迷っているうちに、短いやり取りのあとですぐに秋本佐蔵が座敷に上がってきた。

遅れて大河が土間にあらわれた。体が大きくなっていた。だが、にこりともしない。愛想のないやつだと、内心で毒づいて、まずは佐蔵に丁重な挨拶をして、持参した帯や扇子、そして川越特産の絹の反物を献上した。

「わざわざご苦労でございましたな。それに、過分なものまで頂戴し恐縮の至りです」

佐蔵は頬をゆるめて見てくるが、こんな年寄りだったかと思った。それもそのはず、佐蔵を見たのは、まだ甚三郎が二十歳を過ぎたばかり、妻帯する前だったからだ。

「倅がなにかとお世話になり、大変ご迷惑をおかけしているのではないかと心配をしていました。便りでもくれればよいのに一切ありませんで、これはひとつ様子を見に行ったほうがよいだろうと思い、罷り越した次第です。それから、お伺いも立てずに倅を預けてしまったご無礼の段、この期に及んで申しわけも立ちませんが、何卒ご容赦ご勘弁のほどをお願いいたします」

甚三郎は深々と頭を下げた。

「いやいや、ご心配には及びませぬ。わたしはそなたの御尊父に世話になり、妻を迎えることができ、そして娘を授かることができました。その恩はいまでも忘れておりません」

「しかし、そのご新造様、おきく様がお亡くなりになったと、先ほどお伺いし驚いているところです」

「それがおきくの定めだったのでしょう。致し方ないことです」

「はあ、それで大河ですが……」

甚三郎は視線を大河と佐蔵に往復させた。

「当人はわたしのところに、日の本一の剣術家になりたいという、大きな志を持ってやってまいりました。短い間に、ものになるかどうか見定めますれば、これはいますぐ手放してはならぬと思い、日々修業研鑽を積ませています」

甚三郎は「はあ」と口を半分開けた。自分の意をこの人は汲んでいないのか。手紙にはその旨を書いていたはずだがと、目をしばたたく。

「これから先のことはわかりませんが、大河には天賦の才があります。たたき上げれば一廉の剣術家になれるはずです」

「あ、あの、それは……」

慌てる甚三郎を、佐蔵は遮って言葉をついだ。

「大河が山本家の長男で、跡継ぎだというのは十分承知いたしております。家督を継ぐのが最善の道だというのもわかっております。しかし、これは当人の気持ちもあります。若い志を無下に切り捨てるのも考えものです。まあ、遠路はるばる見えたのです。それに久しぶりの親子の対面、積もる話もございましょう。今夜はゆるりと親子水入らずでご相談なされてはいかがでしょう」

「はあ、まあさようですね」

甚三郎は自分の思惑と違う流れになっていることに気づき、戸惑いを隠せないまま大河を見た。

四

大河と甚三郎は佐蔵の計らいで、神田旅籠町にある加賀屋という旅籠に入ってい
た。

客部屋に入ったが、なんとも気詰まりな空気があった。甚三郎は不機嫌そうな顔
をしてなにかを言いかけては、喉元で堪えているようだった。

「おっかあと、お清は元気ですか？」

大河が先に口を開いた。

「ああ、おまえのことを心配している。早く帰ってきてもらいたいと言っている」

大河は膝許に視線を落とした。

「それにしても手紙のひとつぐらい寄越してもいいだろう。親というのは便りひと
つで安心するものだ。それも一年も……」

「とっつぁん、おれを連れ戻しに来たんだろう」

大河は視線を上げて甚三郎を見た。

「そうだ。おまえは跡取りだ。村に帰って、わしの仕事の見習いにつく。それが本

道だ。剣術に入れ込んでも飯は食えん。一年も修業したんだ。もう十分だろう」

「たった一年です」

「なに」

甚三郎は両眉を動かした。

「剣術は一年ぐらいでは身につかないんだ。何年もかかる。わかったんだ」

「なにがわかったと言う。おまえはなにもわかっとらん。たわけが」

甚三郎は苛立ったように煙草入れを出して、煙管に刻みを詰め、それから火をつけて吸いつけた。紫煙が射し込んでくる夕日の条に浮かび上がり、風に流された。

「おまえを連れて村に帰る。明日、秋本様にさように話をする」

「いやだ」

「なんだと」

甚三郎は目を剝いた。ついで、煙管を灰吹きにたたきつけた。ぽこっと音がした。

「おれは戻らん。いっぱしの剣術家になると決めたんだ。そう言っただろ」

甚三郎は拳を上げた。

「殴って気がすむんだったら殴ればいい」

大河は甚三郎をにらむように見てつづけた。

「とっつぁんの考えはわかってるんだ。おっかあだって、お清だって、山本家の跡をおれに継いでもらいたいと思っている。おれもそうするのが筋だというのはわかっている。だけど、おれはその気になれないんだ。とっつぁんの仕事を見ていて、面白いと思わないんだ」

「仕事は面白い、面白くないでやるもんではない。人のためにやるもんだ、村のためにやるんだ。それがやがて国のためになる。剣術がなんのためになる？　人の役に立つか？　世のためになるか？　考えてみればわかることだ」

「人の役に立つか立たないかは、先になってみないとわからん」

「なんだと……」

甚三郎は顔を真っ赤にして、また拳を振り上げたが、大河が毫もひるまないので、ゆっくり下ろした。

「とにかく許さん。明日おまえを連れて村に帰る。それだけだ」

「いやだ、帰らん」

甚三郎は大きなため息をついた。窓障子にあたっていた日の光がすうっと消え、部屋のなかが暗くなった。

「それじゃいつ帰る？」

「一人前になってから帰る。それまでは帰らん」

「大河、おまえは秋本様に迷惑をかけているんだ。飯を食わせてもらい、寝る場所を与えてもらい、あれこれ面倒を見てもらっている」

「先生におれを預けたのはとっつぁんだ。とっつぁんは、思い切り剣術の修業をしてこいと言った」

甚三郎は、うっと、言葉に詰まり、

「何年もしてこいとは言っておらん」

と、へそを曲げたような顔をした。

そのとき、廊下から女中の声がした。

「夕餉はお運びしますか？　それとも一階の座敷でお摂りになりますか？」

「すまんが、運んでくれ。それから酒をつけてくれ」

甚三郎はそう答えてから、

「話はまたあとでしよう。風呂に行ってこい」

と、大河に言った。

大河にはわかっていた。自分が親不孝者だということを。しかし、親の言いなりにはなりたくなかった。やりたいことをやって生きたかった。剣術で名を上げたかった。それが大河の夢であり、願望だった。

そのことをどう話したら、甚三郎がわかってくれるかを考えたが、まとまりはつかなかった。

夕餉の席でも甚三郎は、酒を飲みながら説得にかかったが、大河の気持ちを変えることはできなかった。

「この頑固もんが。ほとほとあきれるとはこのことだ。どうしてまた、おまえは剣術なんぞにうつつを抜かすようになったのかのォ……」

甚三郎は大河の気持ちを変えることができず、あきらめ顔で首を振った。

「とっつぁん、すみません。おれのことを見捨てるなら、見捨ててかまいません」

「この大馬鹿もん！　もう捨てておるわい。たくぅ……」

「…………」

「明日、秋本様に挨拶(あいさつ)をしたら、わしはひとりで帰る」

「申しわけありません」

大河は両手をついて頭を下げた。甚三郎はその姿を眺めてから、

「それにしても行儀よくなったな。それだけは褒めてやる」

と、盃(さかずき)をあおった。

翌朝、甚三郎は佐蔵に挨拶をして花川戸河岸に向かった。佐蔵が見送りに行けと言ったので、大河はいっしょに甚三郎と江戸の町を歩いた。

しかし、甚三郎は一言も口を利かなかった。大河はときどきそんな甚三郎の後ろ姿を眺め、何度もすまないすまないと、胸の内であやまった。

川越夜舟の出発まで間があり、二人は河岸場に近い茶屋で暇を潰(つぶ)した。

「隅田川は大きいな」

甚三郎が日の光を照り返し、きらきらと光る隅田川を見てつぶやいた。

「こんな大きな川のような大きな男になるようにと、そんな思いでおまえに名前をつけたのだ」

大河は黙って甚三郎の横顔を見た。

「村も桜が満開だが、江戸の桜もいいもんだ。大河……」

甚三郎が見てきた。

「一晩考えた。もうおまえの気持ちは変わらんようだ。こうなったからには、剣術で身を立てられる一廉(ひとかど)の男になれ。それまでは家に帰ってくることは許さん」

「とっつぁん……」

「それから他人様に迷惑をかけるようなことだけはやるな」

「………」

「これまでさんざん迷惑をかけてきたから、もうあきただろう。秋本様の言いつけをしっかり守って息災に暮らせ」

「とっつぁんも」

大河は胸が熱くなった。父親から久しぶりに温かい言葉をかけられた。目が潤みそうになったので、視線を外して吾妻橋をわたってくる人を眺めた。

それから間もなくして川越夜舟への乗船がはじまった。大河は河岸に立ち、桟橋に下りる甚三郎に声をかけた。

「おっかあとお清によろしく伝えてください」

「ああ」

「どうかお達者で……」

甚三郎はもう振り向かずに舟に乗り込み、大河から見えないところに座った。

船頭が他に客はいないかと声をかけてたしかめ、それから舟を出した。

客と荷物を積んだ川越夜舟は、ゆっくり隅田川を遡上していった。大河は口を引き結び、奥歯を嚙んでその舟が見えなくなるまで見送った。

五

その後、大河の毎日は変わることがなかった。

佐蔵が藩邸に剣術指南に行くときは、供をして門弟らの稽古(けいこ)を見学し、そうでない日は佐蔵の指導を受けた。

稽古は以前と変わることはなかったが、型を教えてもらえるようになった。最初はゆっくりした動きで、その動きを体が覚えると、だんだん早くなった。そして、大河は佐蔵が相手をしてくれなくても、仮想の敵を眼前に浮かべての型稽古をするようになった。

佐蔵はこれまで自分の出自を語らなかったが、ときどき昔話を聞かせてくれるようになった。

佐蔵は初代岡田十松(おかだじゅうまつ)が当主を務める神田の撃剣館(げきけんかん)で腕を磨き、認可を受けていた。その弟子には、いまをときめく練兵館の斎藤弥九郎がいた。

「先生はなぜ道場を開かれなかったのです?」

大河の疑問だったが、

「わしは川越のお殿様に召し抱えられた。それで十分だ。身の丈に合わぬことはせぬ」

と、佐蔵は答えた。

そんな佐蔵が元百姓の子だったというのを知ったのもこの時期だった。

「おまえの郷里に近い同じ武蔵国埼玉郡箱田という村だった」

「なぜ、侍に……？」

「百姓より、こっちのほうが性に合っていると思ったのだ」

佐蔵は口の端に笑みを浮かべた。

「よって、おまえの心の内はなんとなくわかる。それに同じ百姓の倅だ」

「そうだったのですか」

以前、佐蔵は大河の才を見出したと言ったことがある。

だが、佐蔵が弟子にしてくれたのには、同じ百姓の出というのもあったのではないかと大河は勝手に思った。

また、佐蔵の娘お冬が武家奉公に出るようになった。奉公先は三百五十石取りの旗本坂岡平左衛門の屋敷だったが、平左衛門が膝の悪い佐蔵のことを慮ってくれたのか、奉公は通いだった。

それは、大河が自分を連れに来た父甚三郎を見送ってから一月ほどたった日のことだった。以前から佐蔵は大河に、広瀬伊織を一度立ち合わせると言っていたが、それが現実になったのだ。

伊織が訪ねてきたのは、日が大きく西にまわり込み、座敷の障子を赤く染めはじめた頃だった。

「今日はひとつ手合わせをしてもらおう」

佐蔵は伊織が訪問してくるやいなやそう言った。

「先生とですか?」

「大河だ」

伊織は稽古で汗をかき、呼吸を乱している大河を見て、

「それでしたら喜んで。大河の腕を見たかったのです」

と、頬をゆるめた。

大河も自分の腕を試したくてうずうずしていたので、胸をときめかせた。

伊織は早速羽織を脱ぎ、襷(たすき)を掛け、佐蔵から竹刀をわたされた。

「防具はないがかまわぬだろう」

佐蔵が言えば、

「怪我をしない程度にやりますゆえ」

と、伊織は余裕の笑みを浮かべた。

大河は呼吸が整ったところで、佐蔵の前に出た。

互いに蹲踞の姿勢を取り、ゆっくり立ち上がり、軽く竹刀の切っ先をふれ合わせて、さっと自分の間合いに下がった。

大河はまっすぐ詰めていく。伊織は右前に足を送り、それから継ぎ足で迫ってきた。

大河は逃げずに、打ち込まれると思った瞬間、小手を狙いにいった。

ばしっ。

すんでのところで竹刀を払われたが、下がった竹刀をそのまま斬り上げるように振り、転瞬、面を狙って打ち下ろした。

伊織は半身をひねってかわしたが、いつしか笑みが消えていた。八相に構え直し、大河の左にまわる。大河は竹刀の切っ先を、伊織の喉元に向けたまま右にまわった。

(打たれる前に打つ)

大河は心に言い聞かせる。

藩邸で稽古を見ているとき、佐蔵が弟子たちに口癖のようにいう言葉だ。

先に打てと――。

大河は必死になって伊織の隙を窺(うかが)う。さっと前に出ようと竹刀を動かすと、敏感に伊織が動く。

伊織が出した足を引いた瞬間、大河は小手を狙って打った。伊織は体を右に移動させながら、すんでのところで大河の竹刀を打ち落とした。

しかし、大河は落としはしなかった。そのまま大きく前に跳ぶと、胴を抜きにいった。竹刀がびゅんと風をうならせる。しかし、あてることはできなかった。

「先生、なまなかではないです」

伊織は間合いを取ったところで佐蔵に声をかけた。大河はちらりと佐蔵を見た。楽しそうな笑みを浮かべていた。

「よし、遠慮はせぬ」

伊織が気合いを込めて言うと、

「望むところ！」

と、大河は言葉を返した。

間合い二間からじりじりと迫る。伊織は竹刀を右耳の上まで運び、八相に構えた。伊織が得意にしている構えだ。

いつも稽古を見ている大河は、伊織がどう打ってくるかを予想した。

（小手を狙ってからの面打ちだ）

そのとおりだった。

伊織は大河の左腕に竹刀を振ってきた。だが、それは牽制だとわかっているから慌てなかった。つづいて、竹刀が素速く動き、案の定、伊織は大河の面を打ちに来た。

ばちっ。

大河は竹刀を頭上で地面と平行にして受けた。すぐさま下がった伊織が、

「まさか……」

と、驚き顔をしていた。

「休むなッ」

佐蔵の叱咤の声。

今度は大河が先に前に出て行った。

伊織は返し技を狙っているのか、大河の接近を待っている。

大河はかまわずに前に出る。間合い一間で、小手から面を打ちにいった。

ばしっ。

大河は面を打たれた。一瞬くらっときた。神道無念流は力強い打突を旨としている。面打ちでも相手を一刀両断するような力を入れる。

「よし、そこまで」

佐蔵が止めた。

「大河、大丈夫か？　つい力が入ってしまった」

伊織が竹刀を引いて心配そうな顔を向けてきた。

「大丈夫です」

そう答えはしたが、まだ頭に衝撃が残っていた。

「広瀬、本気を出したな」

佐蔵が伊織に声をかけた。

「甘く見ていました」

と、答えた伊織は大河をあらためて見た。

「もう一度お願いできませんか」

大河は請うた。

六

「何度やっても、いまのおまえでは勝てぬ」

すぐに佐蔵が拒んだ。

「ならぬ」

「……………」

大河は黙って佐蔵を見た。悔しくて唇を嚙む。

「茶でも飲もう。大河、おまえも上がりなさい」

佐蔵は座敷へうながした。

座敷に上がると、佐蔵が茶を淹れるように言いつけた。お冬は坂岡家に奉公に行っているので、彼女が留守の間は大河が台所に立つようになっている。

茶を淹れて座敷に運んでいくと、佐蔵と伊織が談笑していた。

「大河、正直驚いた」

茶を受け取った伊織が顔を向けてきた。

「そなたの打ち込みには勢いがある。あれほどだとは思いもいたさなかった」

大河は褒められはしたが、嬉しくはなかった。伊織のほうがはるかに格上だというのはよくわかっているが、負けは負けで悔しくてならない。

「神道無念流の打ち込みは、他の流派よりきわだって鋭く強い。大河はもうそのことを会得しているのではないか。先生、いかがです？」

伊織は感心顔で言って、佐蔵を見た。

「この子はこの家に来たときから、力強いものを持っていた。わしはすぐそのことを見抜いた。だが、まだまだものにはならぬ。鍛錬をつづけるのみだ」

決して甘いことを言わないのが佐蔵だ。

「しかし先生、大河の竹刀の速さは並ではありません。先生の教えを受けている門弟らと比べても、見劣りしないはずです」

「さあ、それはどうかな」

佐蔵は一顧だにしないという顔で茶をすする。

「いずれはどこかの道場に入れるのでしょう」

大河と立ち合った伊織は、気になるようだ。

大河もいまの問いは気になったので佐蔵を見た。

「それは考えておる。藩邸で教えるわけにはいかぬから、まあどこがよいだろう」

大河は佐蔵の内弟子であるが、藩士ではない。藩邸で佐蔵の教えを受けられるのは、藩士とその子弟のみだった。

「やはり練兵館あたりでしょうか……」

きらっと大河は目を光らせる。

練兵館は江戸三大道場のひとつで、師範の斎藤弥九郎の名は広く知られている。大河もどこの道場が人気があり、流派がなんであるか、また各道場の高弟らの名を耳にしていた。

佐蔵は神道無念流をきわめているから、伊織は当然練兵館に大河を預けるのだろうと考えたようだ。

「いや、練兵館は考えにない」

「それはまた何故に……」

大河も気になるので、佐蔵の言葉を待つ。

「わしは流派にこだわりを持ってはおらぬ。たしかにわしは神道無念流の印可を受けてはおるが、ただそれだけのことだ」

「これはまた……」

伊織は意外そうな顔をする。

「真の武芸者は流派など気にせぬものだ。武者修行に出、他流試合をするのがその証だ」

「なるほど……」

伊織は納得顔でうなずく。

「他流試合を拒む道場があるが、愚にもつかぬことだ。まやかしの剣術を教えている道場にかぎって、そんな掟を作っておる」

「江戸には大小合わせれば、二百から三百の道場があると言いますからね」

伊織が言うように、たしかにこの時期、剣術は隆盛をきわめていた。

それはかつて行われていた木刀での寸止めでなく、竹刀を用い胴や面、小手などの防具を使うようになったせいかもしれない。木刀はひとつあやまれば、怪我をする。最悪死に至ることもある。

「節操もなく、私欲に走る者がいるから道場が増えたのだろう。裏返せば、それだけ剣術が流行っているということだ」

佐蔵と伊織は、しばらく江戸にある道場について批評めいたことを話したあとで、大河にはよくわからない幕府の政策について短い話をした。

そばに控えて話を聞いている大河は、道場選びの大切さを学び、また世の中が少しずつ変わっているのだと感じた。

とくに幕府が神経を尖らせているのが、異国の接近らしい。そのために海防の重要性が説かれ、川越藩はその一翼を担っているという。

しかし、いまの大河には幕府の政策など眼中にはない。思いはただひとつだ。

強くなりたい――。

いつしか障子にあたっていた日が翳り、表がようよう暗くなっていた。そのことに気づいた伊織が話を中断して、

「つい長居をしてしまいました。そろそろお暇いたします」

と、言った。

「なんだ、もう帰るのか。久しぶりに一献と思っていたのだ」

「そうしたいところですが、明日は浦賀に行かなければなりません。その支度がありますゆえ」

「さようか。お役目とはいえ大変であるな」

「また江戸に戻ってきたら、お邪魔させてください」

「茶飲み話でも酒の相手でもよいから遠慮せずいらっしゃい」

佐蔵は伊織の人柄を気に入っているらしく、いつも歓待していた。

「大河、しっかり先生の教えを受ければ、いずれ名のある剣士になるだろう。またいつの日か、腕を試させてくれ」

伊織は人を包み込むような笑みを向けてくる。

「はい、お願いいたします」

大河も笑顔を返した。

七

――月日は流れた。

大河の日々は変わることがなかったが、これまでの鍛錬に加え、型稽古に磨きがかかってきた。佐蔵は黙ってその動きを見ているが、以前ほど注文をつけなくなった。

そして、夏に一度、秋に一度、佐蔵が自宅屋敷に招いた門弟と立ち合った。いずれの立ち合いも負けてしまい、悔しさは倍増したが、その分鍛錬の量を増やした。

朝早くから素振り、足のさばき、打ち込み、石臼引き、型稽古などを日が暮れるまで繰り返した。佐蔵が休めと言っても、大河は聞かなかった。

佐蔵の供で藩邸に行っての見取り稽古も、以前にも増して門弟らの動きを細かく分析し、これは取り入れるべきだと思うことがあると、表が暗いのもかまわず覚えた動きを反復練習した。

その熱心さに佐蔵は舌を巻いたようで黙認していた。夕刻に帰ってくるお冬も、異常と思える大河の稽古ぶりを見て、

「そんなに体をいじめたら、長つづきしませんよ」

と、心配をした。

そんなとき、大河は片頰に笑みを浮かべるだけで応じ、再び自己鍛錬に励むのだった。

とにかく負けるのが悔しくてならない。江戸に来て誰にも勝てない自分が歯痒くて仕方なかった。

「先生、どうしたら強くなれますか？」

と、問うたことがあった。

「鍛錬をつづけるしかない」

佐蔵の答えは単純だった。その単純なことを、大河は目の色を変えひたすら繰り返す日々だった。体も大きくなり、背も伸びた。

大河が佐蔵の屋敷に来て二年が過ぎた。

「そろそろ元服するか」

佐蔵が思い出したようにぽつりとつぶやいたのは、強い風の吹いた春の日だった。

元服は成人と認められる通過儀礼だが、蔑ろにできない風習である。一般にこの儀式は天皇の元服に倣い正月の吉日を選ぶが、庶民などの下層階級にはこだわりがない。

「じつはおまえの実家から、その旨の頼みを受けているのだ」

佐蔵は静かな眼差しを大河に向けてつづけた。

「本来は親が仲立ちをするのだが、わしがその代わりを務めてくれないかと頼まれておってな」

大河はときどき実家から手紙や届け物があるのを知っていたが、その内容を知ることはなかったし、佐蔵も黙っていた。

「おまかせいたします」

かくして大河の元服が決まった。それまで蓬髪を後ろで結わえていただけだが、佐蔵の自宅屋敷において月代を剃り、袖止めを行った。

その後、佐蔵から盃をいただき、丁重な礼を述べた。

ごく単純な形式的儀式ではあるが、

「これでおまえも大人の仲間入りだ」

と、佐蔵が言えば、

「大河さん、おめでとうございます」

と、お冬も祝いの言葉を口にした。

「そこで待っておれ」

佐蔵は座敷に大河を待たせ、しばらくして戻ってきた。手に大小があった。

「これは、おまえの父上からの贈り物だ。感謝して納めろ」

「わたしの父が……」

大河は思いもよらぬ出来事に目をまるくした。いつ、甚三郎が手配をしたのかまったく知らなかった。

「さよう。正月明けに江戸に見えて、ひそかにわしに託されたのだ。喜んで納めろ」

大河は目の前にある大小に恐る恐る手を伸ばした。業物なのかどうかわからないが、大刀も脇差も真新しかった。

大小を手にした大河は、佐蔵をまじまじと見た。

「親のありがたみを忘れてはならぬ。また、親の顔を潰さぬようにしなければならぬ。親父殿はおまえの志を受け入れてくださったのだ。これからはますます励まなければならぬな」

「はい」

「それからもうひとつ」

大河は佐蔵を見た。

「わしのところで修業して二年が過ぎた。それなりに稽古を積んできた。基本もそれなりに会得している。これより先、わしは用がないかぎり手ほどきをやめる」

大河は目をみはったまま佐蔵を凝視する。

「新しい指南役の許で修業するのだ」

「それはいったい……」

誰なのだという言葉を呑み込んだ。

「話はしてある。三日後、お玉ヶ池の道場へ行け」

「それじゃ玄武館……」

佐蔵はうむとうなずく。

「まことに玄武館に……」

「北辰一刀流の道場だ。技を覚え、磨きをかけろ。道場にはおまえの相手が、掃いて捨てるほどいる」

大河は澄んだ瞳をきらきら輝かせた。

嘉永二年（一八四九）春、大河十五歳の新たな旅立ちだった。

第四章　鉄砲洲の決闘

一

大河は北辰一刀流の玄武館に入門したが、道場はお玉ヶ池ではなく、鍛冶橋のほうだった。

しかし、大河が最初に訪ねたのは、お玉ヶ池の千葉道場であった。佐蔵にそのように指示されたからだ。

その日、大河は道場に入る前から胸を躍らせていた。近くまで行くと、元気のいい門弟らの声と竹刀のぶつかり合う音が聞こえてきたので、さらに胸は高鳴った。

道場玄関に入ると、四、五十人の門弟らが稽古に汗を流していた。道場は熱気であふれ、誰もが目を輝かせ、元気いっぱいにぶつかりあいながら稽古に励んでいた。

それに広い！

道場は八間四方ある。これまで見た道場よりはるかに大きかった。

大河はしばし玄関に立ったまま、門弟らの稽古ぶりを眺め気持ちを高揚させると同時に、胸の奥底から血がたぎってくるのを感じた。

（おれもここで修業をするのだ）

興奮を抑えられないまま稽古風景を眺めていると、

「なに用であろうか」

と、声をかけてきた男がいた。

大河は慌てて、一礼すると、佐蔵から預けられた手紙を懐から出した。

「これを千葉先生におわたしするように言われてまいりました」

手紙を受け取った目の前の男は、ちらりと大河を見て、そこで待てと言い、道場の奥に消えた。それから待つほどもなく、さっきの男が戻ってきた。

「わたしは庄司弁吉（しょうじべんきち）という。先生がお待ちだ。案内いたそう」

大河は庄司弁吉のあとに従い、道場をまわり千葉周作の居宅に案内された。まさか、いきなり千葉周作に会えるとは思っていなかったので、大河は緊張を禁じ得ない。

座敷で周作と向かい合ったが、その印象は、

（こんな年寄りだったのか……）

ということだ。

髷には霜が散り、顔のしわも深い。しかし、父甚三郎と変わらぬ六尺近い偉丈夫で矍鑠としている。眼光には人の心を射貫くような力があった。佐蔵からの手紙は膝横に置いてあったので、もう読み終わったのだろう。

「秋本殿の内弟子らしいが、なるほどなかなかよい面構えをしておる」

周作がまっすぐ見てくる。

大河は背中がぞくぞくっとした。周作の名を知らない剣術家はいない。いや、剣術を習わない者でもその名を知っているほどの人物なのだ。

「秋本殿とは古い付き合いだ。入門は結構であるが、年はいくつだ？」

「十五です」

「ほう。同じ年頃の子に比べたら大きいほうだな。剣術は何年習った？」

「実家の川越で一年ほど、でもそれは遊びみたいなものでした。秋本先生についてからは二年です」

「ふむ、では基本はできておろう。わたしがまだ若いときであるが、秋本殿と何度

か立ち合ったことがある」

　大河はかっと目をみはった。そんなことは一度も聞いていなかった。

「勝たせてもらったり、負けたりであった。膝を悪くされてまことに残念であるが、息災のようでなによりだ。鍛冶橋へ行きなさい」

「鍛冶橋……」

　周作の弟定吉の道場に行けと言っているのだ。

「この道場は門弟が多い。そなたのように若い者は、鍛冶橋で預かってもらう。では、しっかり励むように」

　晴れて入門を許された大河は、丁重に頭を下げ、周作の居宅を出た。

「鍛冶橋へはわたしが案内する」

　表に出るとさっきの庄司弁吉がそう言った。場所を教えてもらえれば、一人で行けると言ったが、

「先生からの言付けがあるのだ」

　と一蹴され、ついてくるように言われた。

　それにしても大河は驚いていた。天下に名のある千葉周作と佐蔵が立ち合っていて、勝ったり負けたりの勝負をしたというのだ。

（おれはすごい先生に教わっていたのだ）

いまさらながらそんなことを思った。

案内に立つ庄司弁吉は、いろいろと話しかけてきた。生まれはどこだ、親はなにをしている、剣術はどこで覚えたなどなど……。

大河は素直に答えた。庄司弁吉は水戸藩士だった。江戸詰の勤番だが、千葉道場で剣術修業が役目みたいなものだと、小さく笑った。気さくな男のようで、年は三十ぐらいに見えた。

「そなたの師匠は神道無念流であるか。すると、そなたも強い打ち込みを教わったのであろうな」

「日々休まず研鑽を積みました。でも、わたしの師匠は流派にこだわっていません」

「さようか。千葉先生もそれは同じであろう。昔は中西派一刀流を学んでおられたのだ」

「中西派一刀流を……」

大河は知らないことばかりだ。興味津々の顔を弁吉に向ける。

「浅利義信殿や寺田宗有殿から教えを受けられたそうだ。その後、ご自分の流派を作られた。まあ、このようなことは少しは知っておくべきであろう。中西道場には高柳又四郎なる達人もいる」

弁吉は何気なく教えてくれるが、大河はまたもや目をみはった。覚えている名前を聞いたからだ。

高柳又四郎――。

もう顔はうろ覚えだが、武者修行をしている侍だった。そして、大河の使っている木刀を見て感心し、打ち込んでこいと言った。

大河はその日のことをいまでも、はっきり覚えている。弁吉に高柳又四郎に会ったことを話すと、

「なに、あの方に会ったと……」

と、驚き顔をした。

「わたしの腕を試されました。そして励めと大きな声で言われました」

「腕を試された……」

弁吉は目をみはって大河を見る。

大河はそのときのことを話し、高柳又四郎に打ち込んだが、体をかすることもできなかったと言った。

「高柳又四郎殿に……さようか」

「しかし、高柳様は千葉先生より若かった気がします」

「わたしはお目にかかったことはないが、先生より一回りは若いだろう」

「千葉先生は年下の方の指南も受けておられたのですか……」

「剣の腕に、年は関係ない。さ、もうすぐそこだ」

周作の弟定吉の道場は、狩野屋敷という町屋の南にあった。鍛冶橋が近いので、鍛冶橋道場と呼ばれていた。

道場は、お玉ヶ池の道場に比べたら規模が小さかったが、それでも活気に満ちていた。

弁吉の仲介を受けて、大河は千葉定吉に面会を許され、そのまま門弟となった。

月日は早馬のように駆け去り、江戸は炎天下の夏を迎えていた。

大河はいまやすっかり道場に馴染み、門弟たちにも顔を覚えられていた。そして、誰よりも早く道場に入り、雑巾掛けを行っていた。

そのせいで「雑巾掛け」という渾名までつけられた。しかし、大河は気にしなかった。広い道場を何往復もしなければならない雑巾掛けは足腰の鍛錬になる。

その日の雑巾掛けを終わり、汗をぬぐっているときだった。

「大河、立ち合いを見せてもらう」

突然の声は、師範代を務めている千葉重太郎だった。道場主定吉の長男である。

「相手は栄次郎だ」

大河ははっと顔を輝かせた。初めて立ち合いを許されたのだ。

しかもその相手は、周作の次男である。

「お願いいたします」

二

早朝とあってまだ道場は閑散としていた。午前中の稽古を受ける門弟がやってくるまで小半刻(約三十分)はあった。流しの行商人の売り声とともに、けたたましく鳴いている蟬の声が道場に聞こえてくる。

それでも道場内は森閑としていて、雑巾掛けの終わった床が武者窓から射し込む日の光を照り返している。

大河が汗をぬぐい、支度を調えたとき見所横の廊下から栄次郎が入ってきた。ちらりと大河に視線を送ると、静かに支度をはじめた。

大河はごくりと唾を呑み、師範代の重太郎を見た。常と変わらぬ顔で、大河を見てきたがなにも言わなかった。そのことが余計に気になった。

栄次郎は大河より二つ年上だが、幼少の頃から父周作の指導を受けており、その腕は玄武館の門弟の誰もが認めているばかりではなく、この年の四月に津藩江戸藩邸で、五月と六月に岡藩江戸藩邸で行われた試合で大勝利していた。

しかも、直新影流の島田虎之助、鏡新明智流の桃井春蔵他十八人と対戦し、いずれも勝ちを得ていた。その噂は玄武館だけでなく江戸の各道場でも噂となっているほどだった。

このときの桃井春蔵は、のちの士学館当主になる四代目である。年齢は二十五歳だった。

また、島田虎之助は、のちに「幕末の剣聖」と呼ばれることになる男谷精一郎の内弟子となり腕に磨きをかけ、男谷道場の師範代を務めたあと浅草に道場を開いてもいた。余談ではあるが、その門弟には勝海舟の顔があった。

大河は、そんな相手に勝っている栄次郎と対戦するのである。大河が不思議がるのも当然であるが、内心嬉しくて仕方ない。

それに玄武館に入って初めての試合であった。それまで試合形式の稽古をやってはいたが、それはあくまでも稽古の範疇を出ていなかった。それゆえに緊張もし、内心心を躍らせてもいた。この辺は大河の神経の図太さである。

「大河、臆するな」

　重太郎が静かな声をかけてきた。

「いえ、嬉しゅうございます」

　大河が笑みを浮かべて言葉を返すと、重太郎はにわかに驚いたように眉を動かした。面を手にした栄次郎も一瞬、大河を見た。

「では、はじめよう」

　立ち合いを見届ける重太郎の声で、大河と栄次郎は作法どおり、道場中央で蹲踞の姿勢を取り一礼ののち立ち上がった。

「さあッ！」

　栄次郎が中段に構えを取って気合いを発した。背は栄次郎のほうが高かった。発育盛りの大河ではあるが、栄次郎を見上げる恰好である。

「おりゃッ！」

　大河も負けじと気合いを発する。その声は耳を聾するほどで、静かな道場内に響きわたった。気合いで劣ることも嫌いな大河である。

栄次郎が摺り足を使って前に出てくる。大河もすすっと間合いを詰める。

栄次郎の右踵が上がった。その瞬間、大河は気合い一閃、真正面から面を狙って打ち込んだ。

ぱしっ。

右へ打ち払われたと同時に、栄次郎の竹刀が横面を狙って飛んできた。大河はさっと下がるなり、床板を蹴った。そのまま上段から打ち込む。

ぱしっ。これも払われた。

転瞬、栄次郎の竹刀がまっすぐ伸びてきた。突きである。

大河はすんでのところで体をひねってかわし、袈裟懸けに竹刀を振る。びゅん。空を切った竹刀は、鋭い風切り音を立てる。

栄次郎がいったん間合いを外して離れた。呼吸を整えている。

大河も息を吐いて吸った。栄次郎の動きは素速い。それにまだ本気でないような気がする。「玄武館の小天狗」とも呼ばれる栄次郎だから、おれを試しているのだろうと、大河は内心で思いながら間合いを詰めていった。

(嘗められてなるか)

気丈な大河は口を真一文字に結んで隙を窺う。

栄次郎が前に出てきた。

師の佐蔵の言葉が脳裏に甦る。

――剣は瞬息でなければならぬ。

素速く先に打てということだ。つまり、攻撃の手をゆるめてはならぬと、大河は理解していた。

栄次郎の竹刀が躊躇うような動きをした。瞬間、大河は打っていった。

「きえーっ！」

「とおっ！」

二人の気合いが重なったとき、大河の小手が打たれていた。

「一本」

検分役の重太郎が栄次郎に手を上げた。

大河は呆然となった。いったいどうやって打たれたのか、わからなかった。

「もう一本」

重太郎が再度の立ち合いを勧めた。

大河は気を取り直して、栄次郎と対峙した。今度こそは取ってやると、目をぎらつかせる。絶対に負けるものか。相手の技量が上でも、おれにも勝ち目はある。大河は強気で前に出る。

「おりゃーッ！」

気合いを発したと同時に面を狙って打ち込んでいった。ところが、その前に栄次郎が動いており、びしりと面を打たれた。

「それまでッ！」

重太郎の声が耳に響いた。

またもや一本取られた。しかもあっさりと、先制の攻撃を外されていた。どういう技だったのかもわからなかった。

「大河、もう一本やるか。それともやめるか？」

重太郎に聞かれた大河は、即座にお願いしますと答えた。腹のなかが煮えくり返るほど自分に怒っていた。こんなにあっさり負けるとは思ってもいなかった。

重太郎は栄次郎に、どうすると聞いた。

「では、もう一度」

栄次郎は余裕で答え、すっと竹刀を構え直した。

大河も構え直す。今度こそはと、意気込んで前に出る。

と、その瞬間だった。栄次郎が先に出てきたと思ったら、もう小手を打たれていた。

「それまで」

重太郎が終わりを告げた。

大河は呆然としていた。一本も取れなかった。なぜだと自問するがわからない。これが力の差なのかと思い知り、自分の弱さに落胆した。

面を取ると、顔中から汗を噴き出していた。対する栄次郎は呼吸の乱れもなく、汗もかいていなかった。

「栄次郎、いかがであった？」

重太郎が問うた。

「大河の打ち込みは侮れないと思っていましたが、たしかに鋭く速い。そして力強いです」

「そうであろう。技を仕込めば、強くなるな」

「油断できない男です」

重太郎と栄次郎はそんな言葉を交わしていたが、大河は上の空で聞いていた。相手がはるかに格上だとわかっていても、悔しくてならない。

「大河、いずれまた立ち合おう」

栄次郎に声をかけられた大河は、はっと我に返り、一礼と同時に、

「よろしくお願いいたします。つぎは負けぬよう、稽古に励みます」

と、答えたが、悔しさはすぐにぬぐい切れそうになかった。

三

佐蔵の家に戻っても、大河の気持ちは晴れないままだった。帰途も栄次郎と立ち合ったときのことばかりを思い出し、気持ちを乱していた。

考えてみれば、江戸に来ていまだ一度として勝ったことがない。相手が格上だったという言いわけを、大河は嫌がる。だから心を重くしているのだった。

「大河、いかがした？　道場でなにかあったか？」

夕餉の膳につくなり、佐蔵に言われた。

「わたしはいっこうに強くなれません」

しょんぼりして言うと、佐蔵は食事の世話をするお冬と顔を見合わせてから、

「どういうことだ？」

と、再度問うた。

大河は飯碗(めしわん)を持ったまま躊躇ったが、その日栄次郎と立ち合ったことを話した。

「玄武館に入って初めて立ち合わせてもらったというのに……」

「初めての立ち合いが栄次郎殿だったか。さようか」

「三度立ち合わせてもらいましたが、あっさり負けました」

「無理もなかろう。栄次郎殿とおまえの練度は比べものにならぬ。だが、少しぐらい手こずらせはしたか……」

佐蔵は口の端に笑みを浮かべて聞く。

「一本目はもう少しで勝てそうだったのですが……」

大河は唇を嚙(か)む。

「すると、二本目と三本目はあっさり取られたのだな」

大河はこくんと頷(うなず)く。

「おまえの負けん気の強さはよくわかっておる。それは悪いことではないが、一本取られたところで、心を迷わせた。頭に血を上らせた。さようであろう」

大河は佐蔵を見て目をしばたたいた。

「自分を見失ったら勝負には勝てぬ。おのれの感情に左右され、落ち着きをなくしたら普段の力は出せぬものだ。それに、我知らず力も入る。その分剣の動きも、体のさばきも硬くなり鈍くなる」

大河ははっと目を見開いた。まさしくそうだった。

「栄次郎殿に立てつづけに取られたのは、おまえの動きを読まれたからだ。無理もない。しかし、なにか言われなかったか?」

大河はしばし視線を宙に彷徨(さまよ)わせてから答えた。

「わたしの剣は侮れない。技を仕込めば強くなるだろう、みたいなことを言われました」

それを聞いた佐蔵は、「ふふふ」と、短く笑った。

「なにかおかしいですか」

大河は憤然とした顔になった。

「馬鹿者、褒められて怒った顔をするやつがあるか。立ち合いは他の門弟が来る前だったのだな」

「さようです」

「やはり、そうか。重太郎殿はおまえの技量を見きわめておきたいと思われたのだろう。それ故に、栄次郎殿を相手に選んだ。一本目をどう戦ったか知らぬが、おそらく二本目はおまえが打って出ようとしたところで虚をつかれて一本取られた。三本目はおまえが体勢を整える前に一本取られた。あるいはその逆かもしれぬ」

大河はあんぐりと口を開けた。

「なぜ、わかるのです？」

「そのぐらい読めておるさ。おまえに欠けているのは、心の落ち着きだ。何事が起きようと平生の心を保たなければならぬ。鼻っ柱が強いだけでは勝てぬ。一本取られて負けたおまえは、心の迷いを目にあらわした。つぶさに表情にも出たであろう。そうなれば、相手の思うつぼだ」

言われてみれば、たしかにそうだと思う大河である。一本取られたところで、逆上していた。二本目は今度こそ勝ちたいと思うあまり、がむしゃらになっていた。

「心の迷いは目にも表情にも表れ、太刀筋にも、体の動きにも出る。それが油断となり隙となる。相手が格上なら、玄武館の小天狗と渾名される栄次郎殿なら、そのことをあっさり見抜いたであろう」

（そういうことだったのか……）

大河はうつむいて奥歯を嚙んだ。

「だが、負けた悔しさを忘れず、いかにしたらつぎに勝てるか、それを考え工夫することだ。その前におまえの短所を直さねばならぬ。負けず嫌いなのはよい。だが、すぐかっとなったり、おのれの感情を左右させたりしてはならぬ。おまえはわたしの稽古についてきた。耐えることを知っている。ならば、何事が起きようと動ぜぬ心を持つこともできるはずだ」

大河はさっきとは違う、真摯な目を佐蔵に向けた。

「わしの言うことがわかるか？」

「はい」

よく咀嚼はできていなかったが、理解はできた。

「明日の朝、軽く相手をしてやる。おまえの技はまだ荒っぽく、無駄が多い。玄武館に預けてから、しばらく動きを見ていないので、たしかめておこう」

「お願いします」

「父上、大河さん、そろそろ召し上がってください」

そばにいるお冬が焦れたように言った。

「うむ。大河、負けた悔しさを忘れてはならぬが、おまえはこれからだ」

なによりの勇気づけの言葉だった。

大河は素直にうなずいて箸を動かした。

四

翌朝、青紫に染まっている東雲がようようと朱を帯びた頃だった。

夜露に濡れた木々に止まっている蝉たちが鳴きはじめ、鳥たちもさえずっている。

大河は竹刀を持って、佐蔵の前に立った。

裸足に股引、諸肌を脱いでいた。いつしかその胸板は厚くなっており、はたと気づけば佐蔵と背丈も変わらなくなっていた。

「では、かかってこい」

佐蔵が竹刀を中段に構えた。

すうと息を吐いた大河の頬を、爽やかな風が撫でてゆく。

摺り足で間合いを詰める。佐蔵はその場を動かずにじっとしている。しかし、隙が見えない。じりっと半寸、また半寸と詰める。

(隙がない)

大河は足を止め、右にまわった。佐蔵の体が円を描くように動く。剣尖は大河の喉元に据えられている。

大河が足を止めたとき、佐蔵の右手が回旋し、左手の甲が天を向いた。真剣なら刃を寝かせる動きだ。

そのとき、大河は一足飛びに間合いを詰め、上段から打ち込んだ。

「とおっ！」

ばしっと竹刀を打ち上げられ、つぎの瞬間、肩を打たれていた。

大河ははっと目をみはって下がる。唇を引き結び、目を鷹のように光らせ、つぎの攻撃を仕掛けるために前に出た。

佐蔵が竹刀を下段に移した。即座に打ち込んでいった。ぴしりと小手を打たれた。

（なぜだ？）

大河は下がりながら胸中で疑問をつぶやいた。

なぜ、こうもあっさり受けられてしまうのだ？　力が入りすぎているのか？

（そうか……）

大河は竹刀を持つ手から力を抜いた。肩にも腕にも力が入りすぎていたのがわかった。

（今度こそ）

大河は前に出て行く。息を吐き出しながら、臍下に力を入れる。両肩両腕には無駄な力を入れていない。すすっと、地面を摺りながら間合いを詰める。

佐蔵の剣先が小さく円を描くように動きはじめた。

（なんだ）

そう思った瞬間だった。

佐蔵が思いもよらぬ早業を繰り出してきた。竹刀が一直線に顔面目がけて飛んでくる。大河は紙一重のところでかわし、右足を踏み込みながら胴を抜いた。

「とおーっ！」

ばしっという手応えがあった。

「よし」

佐蔵が力強い声を発して、竹刀を納めた。

「いまの動きは見事だった」

褒められた。それでも大河は喜びはしなかった。

「なぜ、わしから一本取れたかわかるか？」

「先生の動きが見えました」

「それだけではない。わしが打ち込んだとき、おまえの体には余裕があった。力みがなかった。つまり、どんな動きにも応じられるゆとりがあった」

「…………」

「されど、わしは二本取った。なぜ、おまえは取られたかわかるか？」

「体に力みがあったからだと思います」

「それもあるが、おまえの竹刀の動かし方がまずい。いまのままでは返し技をもらってしまうか、払われたりすり落とされたりする。ここへ」

大河が佐蔵の前に行くと、横に並べと言われた。

「剣というのは大きく振ってはいかぬ。上段からの打ち込みはこうだ」

佐蔵がやって見せた。

それは、上段に振りかぶった竹刀を、前方に突き出すように動かす打ち方だった。

「おまえの竹刀は大きく弧を描くように動く。その動きは素速く力強いが、力量のある者には通用せぬ」

佐蔵はそういいながら同じ動きを教えた。

「両の手首を伸ばすように、こうですね」

「そうだ。踏み込みながら打ち込まなければならぬときもあるが、その動きならその場で剣を先に送ることができる。無闇に体を相手に近づけなくてもよい」

大河は同じ動きを繰り返した。なるほどと思った。

「わかったか」

「はい」

大河はきらきらと目を輝かせて佐蔵を見た。

「おまえは吞み込みが早い。すぐに身につくはずだ。練達者はその動きを会得している。忘れてはならぬ」

「はい。先生、他にも技を教えてください」

「今日はそれだけでよい。この先わからなくなったことがあったり、迷ったりしたときに聞け。その都度教える」

さあ、飯だと言って佐蔵は玄関に向かった。

五

地肌を焼く夏の日射しが弱くなった頃、大河に友達ができた。

それまで、他の門弟と話すことはあっても、親しい間柄にはならなかった。いや、なれなかった。それは大河が誰より早く道場入りをし、稽古の終了する日暮れまで道場に残っているせいだった。

その間に門弟たちは入れ替わり立ち替わりで、大河の目の前を過ぎていった。うるさがる年長の門弟もいたが、図太い大河はいっこうに気にせず、また当主の千葉定吉も黙認していた。

友達というのは、定吉の甥道三郎だった。千葉周作の三男である。一度、道三郎の兄栄次郎と立ち合わせてもらって以来、それまでお玉ヶ池の道場で修練を積んでいた道三郎が鍛冶橋に来るようになったのだ。

それも、大河目当てのようだった。その証拠に、道場にやってくるなり、他の門弟には目もくれず、

「おい、雑巾掛け、相手をする」

と、稽古をつけるのだ。

当然、腕は道三郎のほうが上だが、大河は必死に食らいついていく。

稽古は常に地稽古である。これは試合と同じように打ち合う稽古法で、一瞬も気が抜けない鍛錬だった。

それまで大河の稽古と言えば、元立ちが「ここを打て」と、わざと狙う場所を空け、かかる側がそこへ打ち込む稽古。あるいは、元立ちに向かって休まずに技を繰り出していく「掛かり稽古」が主だった。

しかし、道三郎は地稽古一辺倒で、大河の相手をする。

先に攻撃をかけるのは常に大河である。大河はどんどん仕掛けていく。だが、すぐさま打ち返される。これが悔しいから、また仕掛けていく。

道三郎は軽くいなしたり、受けたりするが、大河の隙を見るや、一瞬の早業で小手を打ち、面を打ってくる、あるいは胴を抜き、突きを見舞う。

この稽古は体力をかなり消耗する。呼吸が乱れ、疲れて両肩を喘ぐように動かし、汗が目に入っても、

「打ってこい。早くッ」

と、道三郎は誘いかけ、攻撃の手を緩めることを許さない。

大河はなにくそと歯を食いしばって、打ちに出る。

「どりゃあー！」

面、面、小手、面、胴、面、突き、胴……。

道三郎は大河の技を受けつづけるが、隙あらば、

「たあーっ！」

気合い一閃、脳天に竹刀をたたき込んでくる。

その稽古ぶりを見る他の門弟たちのなかには、

「まるで獣の喧嘩ではないか」

と、囁く者もいた。

その稽古は水を飲む小休止を入れて、一刻（約二時間）ほどつづけられた。息を喘がせ、もはや気合いの声は腹の底からしぼり上げる咆哮に近く、噴き出す汗が稽古着を黒く染め、床板に汗の溜まりを作った。

終わったときは、いつもへとへとで、すぐに言葉を発することができなかった。体力に自信のある大河でも、この稽古はきつかった。それも稽古というより、道三郎による仕置き稽古と言ってもおかしくなかった。しかし、大河は愚痴をこぼすどころか、

「この稽古が一番好きだ。できることなら一日中相手をしてもらいたい」

と、他の門弟らをあきれさせた。

玄武館には、お玉ヶ池と鍛冶橋の両道場を合わせると、約五千人ほどの門弟がいる。顔も名前も知らない者たちが大勢いるが、この頃になると大河の名前が静かに浸透していった。それも「雑巾掛け」という渾名つきであった。なんと呼ばれようが一顧だにしない大河だが、奇異な目を向けてくる男に気づいたのもこの頃であった。

森定忠三郎という一歳上の門弟で、ときどき強い視線を感じるのだ。稽古中のときもあるし、道場のそばですれ違うときもそうである。相手は年上であるから先に挨拶をするが、森定忠三郎はわざと応じないのか、素知らぬ顔で通り過ぎる。

稽古に出たとき、近づいて相手をお願いすると言うと、

「きさまとはやる気がせぬ」

と、あっさり撥ねつけるのだ。そのくせ道場の隅に控えているときなど、稽古中の大河に敵意を含んだような目を向けてくるのだった。

変な男だ。大河は忠三郎の態度に腹を立てながらも、相手にしないことにした。しかし、道場で顔を合わせれば恨みを込めたような視線を向けてくるので、どうしても気になる。

「なにかわたしに一言あるのではありませんか？」

たまりかねて聞いたことがある。

「言いたいことは山ほどあるが、どう言えばよいかわからぬだけだ。だが山本、いずれきさまをたたきのめしてやる。心得ておけ」

大河は忠三郎をにらみ返して、

「では、そのときを楽しみにしています」

と、口辺に笑みを湛えた。できることなら、その場で相手をしてもらいたいが、道場では喧嘩めいたことはできない。結局、無視を決め込むしかなかった。

いつものように、道三郎が鍛冶橋道場にやってきて、大河に稽古をつけてくれた。道三郎が相手だと、大河はいつもより稽古に熱が入る。そんな二人を尻目に、他の門弟たちも各々の稽古に集中していた。

「いっしょに帰るか」

その日の稽古を終えたとき、道三郎がそう言って誘ってきた。汗を拭いていた大河は、一瞬迷った。まだ稽古の終わる夕刻まで間がある。その間に、自分より実力のある高位者の稽古を見るのが常だ。だが、道三郎からの誘いはめったにないので、

「では、着替えます」

と、言って帰り支度にかかった。

道場を出る際、またもや大河は忠三郎の視線に気づいて、背後を振り返った。やはり忠三郎が敵意に満ちたような視線を向けてきた。

大河はさらりとかわし、道三郎のあとを追った。

道場前の小路から日本橋の目抜き通りである通町に出、そのまま日本橋方面に向かう。両側には大きな商家や名店が軒を列ね、人の通りも多い。商家の暖簾は色とりどりで、屋根には立派な看板が掛けてある。

町人に侍、職人、旅人、行商人たちが忙しそうに行き交っている。江戸に来た当初、大河はそんな町の様子に目を奪われたが、いまやすっかり都会慣れして目移りなどしない。

「聞きたいことがある」

日本橋をわたり、室町二丁目にある茶屋の床几に腰を下ろしてすぐ、道三郎が顔を向けてきた。稽古や試合のときと違い、その顔は穏やかである。それに目鼻立ちのはっきりした容貌だ。

「なんでしょう？」

「おまえは川越の出だったな。剣術を習ったのも郷里の川越と言ったが、それはいくつのときだ？」

大河が答える前に店の女が来たので、道三郎は茶といっしょに漉し餡をたっぷり塗った団子を注文した。道三郎の好物で、いつしか大河もその団子を好きになっていた。

「初めて剣術らしきことを教わったのは、十歳でした」

「師匠は？」

「おれたちは〝岩じいさん〟と呼んでいましたが、原田岩太郎というご隠居です。元は川越藩の同心だった人です」

大河は道三郎と話すとき、「おれ」と自称していた。同年だからかまわないと思ったし、道三郎も気にしていなかった。

「すると神道無念流だな」

道三郎は家柄のせいか、こういったことに詳しい。

「さようです。いま思えば、岩じいさんから教わったことは、たいしたことではありませんでした。やっぱり江戸に来て秋本先生の教えを受けるようになってからが、ほんとうの修業のはじめだと思っています」

「それから二年ほどか……」

道三郎はいたく感心顔をする。

「なにか……」

「たった二年で、いまの腕を身につけたというのが信じられんのだ。だから、いくつで剣術をはじめたのか知りたかったのだ」

「ふむ……」

大河は団子を頬張った。疲れている体に漉し餡がうまかった。

「おれは物心ついたときには玩具のような竹刀を持っていた。父上も兄上も、それからまわりにいる人たちもみんな剣術をやっていたから、当然だろうな。道場で育ってきたようなもんだからな」

「それはいまも変わらないのでは……」

「たしかに」

道三郎は自嘲するように小さく笑い茶を飲んだ。

「聞きたいことがあります」

「なんだ？」

「なぜ、おれを名指しして稽古をしてくれるんです？」

これはずっと疑問だったことだ。大河はつづける。

「道三郎さんなら、もっと強い、栄次郎さんや庄司さん、重太郎先生と稽古をしてあたりまえでしょう」

この大河の疑問に、道三郎は短い間を置いてから答えた。

「正直に言うが、他言無用だ。おまえ、おれの兄上と立ち合ったであろう」

「あっさり負けました」

「じつは兄上が、おれに稽古をつけてやれと言ったんだ。おまえは伸びると言っていた。だから、おれも試しにおまえと地稽古をやったのだ。そのとき、なるほどそうかと、兄上の言ったことがよくわかったのだ」

「どういうふうに……」

「おまえが柔なやつではないと気づいたのだ。だが、うぬぼれるな」

道三郎はやさしげな顔を厳しくしてつづける。

「おまえの打ち込みは並ではない。面を打たれると、脳天がしびれる。小手を打たれれば、その手もしびれる。打突が強い。そして、速くなっている」

大河はきらきらと目を輝かせて道三郎を見る。

「だからおまえと稽古をするのが楽しいのだ。それに、いまのおまえを見ておかなければ、いずれ負けるかもしれぬ。だから、おまえと稽古をしているのだ」

大河は信じられない思いだった。まさかそんなことを道三郎が考えていたとは、まったく気づきもしなかった。

「おれも道三郎さんに勝ちたい。いまは格が違いすぎるというのはわかっていますが、いずれは負かしますよ」

大河は頬に余裕のある笑みを浮かべて道三郎を見た。すると、道三郎が真剣な顔を向けてきた。

「おれは負けぬさ。だが、油断はできぬな」

「そう、油断はできませんよ。おれは千葉先生にも、いずれ勝ちますから」

大河が言うのは鍛冶橋道場の当主千葉定吉のことだ。

「玄武館で一番強い男になります」

大河が言葉を足すと、道三郎が驚き顔を向けてきた。

「その自信はどこから来ているのだ？」

「……さあ」

大河は遠くの空に浮かぶ雲を見て、すぐに道三郎に視線を戻した。

「道三郎さんは、森定忠三郎さんを知っていますか？」

「森定……」

「同じ鍛冶橋の門弟です。おれよりひとつ上の人なんですが……」

「いや、知らぬ。その門弟がどうした？」

「ちょっと気になっているだけです」

もし、道三郎が知っていれば詳しく聞きたかったのだが、はぐらかすしかなかっ

た。それから他愛もない世間話をしてから、

「さ、帰るか」

と、道三郎が腰を上げた。

六

森定忠三郎は本八丁堀二丁目の裏長屋に帰ってくると、着物を脱ぎ捨て褌一丁になり、湯桶に手拭いを浸して絞り、体を丹念に拭きにかかった。痩身であるが、無駄な肉がついていないだけだ。

ゴシゴシと腕から背中、腰と順番に拭きながら汗を落とす。湯屋に行けるのは月に一度か二度だ。水戸にある実家から仕送りを受けてはいるが、十全な金ではなかった。家賃は払わなければならないが、食費を含めた他のことは極力切り詰めている。

水戸藩で馬廻役を務めている父忠蔵は身分は上士であるが、禄高五十石は決して多いほうではない。

その倅の忠三郎は三人兄弟の末っ子であるが、次男は早世しているので長男と二

人兄弟だ。しかし、兄と弟の立場は逆転などしないので、家督の継げない部屋住みに変わりはない。将来への希望はそれだけで小さくなる。

くわえて忠三郎は病的なほど些細なことにこだわる神経質な男だった。さらに、こうと思い込んだら、その考えを頑迷に曲げない固陋な性格ゆえに、恵まれている長兄の忠太郎を好ましく思わず、気持ちを腐らせていた。いわゆる末っ子の僻みでもあった。

そんな忠三郎に父忠蔵が、江戸に出て剣術の修業をしてこいと勧めた。気乗りしない話だったが、

「修業先は決めてある。千葉周作先生の玄武館だ。それとなく話はしてあるので、おまえが行くというなら、すぐに話をまとめる」

忠三郎は即座に断ろうとしたが、忠蔵はそれを遮るように言葉をついだ。

「もし、おまえが北辰一刀流の玄武館で中目録を取ることができれば、出世が叶う」

忠三郎はどういうことだろうかと、父忠蔵の顔をまっすぐ見た。

「郷目付の大関貫太郎様を知っておろう。あの方が、中目録を取ることができるならば、養子縁組をしたいとおっしゃるのだ」

忠三郎は目をみはった。郷目付の大関貫太郎は、いずれ水戸家重臣になるだろう

と噂のある人物だった。さらに大関にはきぬ子という、美人の誉れ高い娘がいた。忠三郎の屋敷と大関家の屋敷は近い。忠三郎は当然、きぬ子を知っていたし、ひそやかな恋心さえ抱いていた。つまり養子縁組というのは、きぬ子の婿になりいずれは大関家を継ぐということだ。それは出世以外のなにものでもない。忠蔵の跡目になる兄忠太郎より家格の高い藩士になれるのだ。

「中目録ですか……」

忠三郎は拒絶する代わりに訊ねた。

北辰一刀流は、他流と異なり伝授方式が簡素化され、「初目録」「中目録免許」「大目録皆伝」の三段階のみである。

「さようだ。大目録皆伝を取れるならなおよいが、そう容易くはいかぬはず。それに日月もかかる。中目録を取ってこい。さすれば、大関家とめでたく養子縁組が調う。いかがする？」

忠三郎に断る理由はなかった。即座にやってみると答えた。

水戸家は玄武館の千葉周作を重用し、弘道館師範として百石で召し抱えている。周作の門弟も、師範代として指導にあたってもいる。そういう背景があるので、なんの問題もなく忠三郎は玄武館の門弟になれた。

入ったのはお玉ヶ池ではなく鍛冶橋道場だったが、入門一年目の選考試合で初目録を取った。もとより城下にある小野派一刀流の道場に通っていたので、当然といえば当然のことだった。

しかし、つぎなる中目録には手が届きそうで届かない。これまで二回の選考があったが、いずれも落ちていた。

「とにかくつぎの選考のときには……」

我に返った忠三郎は、声に出して言うと、体を拭き終わった手拭いを流しに放った。そのまま居間に上がり、団扇を使ってあおいだ。細い狐目を厳しくして宙の一点を凝視する。いやな男の顔が脳裏に浮かぶ。

山本大河――。何故、あやつは目をかけられるのだ。周作の三男道三郎は山本を目にかけている。重太郎先生も大河を見る目が違う。

そのことに気づいたのは、山本大河が入門して間もなくのことだった。気になってそれとなく先輩の門弟に訊ねると、百姓の倅だというのを知った。

あやつが真面目に稽古をするからか。雑巾掛けを熱心にやるからか。それとも他になにかあるのか。

あれこれ考えるが忠三郎には納得がいかない。それにどことなく人を食った態度。控えめであれば目もつむれるが、図々しさが目につく。

(いや、やつのことなどどうでもよいのだ)

忠三郎は邪念を振り払うようにかぶりを振って、脛に張りついている蚊をたたき潰し、

「中目録だ」

と、細い目をぎらつかせた。

近いうちに選考試合が行われると聞いている。まだ、大っぴらにはできないことなので、他言するなと教えてくれたのは、千葉定吉を重用している鳥取藩の門弟だった。

(まさか、あやつが相手ではなかろうな)

と、ひとつのことに固執する忠三郎は、またもや大河の顔を思い出した。

七

蜩の声が高くなり、土手道には赤とんぼが舞っていた。大河が佐蔵の家に帰るの

は、いつも日が暮れかかったときだが、日はまだ高い位置にあった。

その日の稽古を終えた大河は、両国広小路の雑踏を避け、下柳原同朋町の東側を歩き、柳橋をわたって代地河岸まで行って足を止めた。

日の光を照り返す水量豊かな大川（隅田川）は、銀鱗のようにまぶしく輝いていた。屋根舟や荷舟、そして猪牙舟が行き交っている。

川上に目を向け、このずっと上のほうに寺尾村があるのだと思った。故郷のこと、両親と妹のお清のことを忘れたわけではない。ときどき思い出しては、いま頃どうしているだろうかと考えることもある。だからといって里心がついたことはなかった。

常に大河の頭には剣術のことがあり、いかにしたらもっと強くなれるか、うまくなれるかという考えに占められていた。

しかし、ぼんやりと目の前の川を眺めていると、父甚三郎と花川戸河岸で別れたときのことを、昨日のことのように思い出した。

あのとき、甚三郎はこう言った。

――もうおまえの気持ちは変わらんようだ。こうなったからには、剣術で身を立てられる一廉の男になれ。それまでは家に帰ってくることは許さん。

初めて自分に理解を示してくれた言葉だった。

だが、舟に向かうその父の背中には寂寥感が漂っていた。

（おれは親不孝者なのか……）

大河は唇を噛んで、下ってくる一艘の猪牙舟を目で追った。

剣術家を目指し江戸に来た自分に悔いなどなかったが、やはり親の意向に沿わぬ生き方をしている自分は、孝行息子ではないとあらためて思った。

（だが、それがなんだ）

すぐに大河は女々しいことを考える自分を否定する。

（おれはおれの生きたいように生きるんだ。おれを生んでくれたおっかあにも、育ててくれたとっつぁんにも感謝はするが、おれの一生はおれが決める。それのどこが悪い）

大河は拳をにぎりしめ、きゅっと口を引き結ぶと、夕日の帯を走らせはじめた大川に背を向けた。

そのとき「山本」と、背後から声をかけられた。

振り返ると、森定忠三郎が立っていた。西日を受けているせいか、細い狐目が赤く見えた。

「これは、森定さん。こんなところでお会いするとは……」

「なにをしておったのだ？」

忠三郎は近づいてきて立ち止まった。痩身だが大河より背が高かった。

「ちょっと考えごとです」

忠三郎から声をかけられるのはめずらしいことなので、大河はにわかに警戒した。いつも自分を冷淡にあしらい、邪険に接する男だ。

「さようか。おぬし、百姓の倅らしいな」

忠三郎は蔑んだ目でにらむように見てくる。

「たしかに……」

「ならば、百姓としての分限をわきまえておろう。きさまは厚かましすぎる。おれはきさまのような身の程知らずが大嫌いだ」

「……わざわざそんなことを言うために……」

大河は忠三郎をにらみ返した。

「なんだ。文句があるか。おれは水戸家の子弟だ。きさまとは違う。明日から気をつけろ」

忠三郎はそれだけを言うとくるっと背を向けた。

「気をつけろというのはどういうことです？」

大河が声をかけると、忠三郎は背を向けたまま立ち止まった。だが、その一瞬後、身を翻しながら腰の刀を斜め上方に引き抜いた。

突然のことに大河は驚き、飛びすさったが、忠三郎は瘦せた頰に皮肉めいた笑みを浮かべ、

「こういうことだ」

と言って、刀を鞘に納め、そのまま立ち去った。

「なんだあの人は……」

大河は遠ざかる忠三郎の背中をにらんで吐き捨てた。

八

玄武館での稽古について佐蔵はめったに聞くことはないが、この頃、千葉周作の三男道三郎と組太刀稽古をしていると打ち明けると、

「なに、道三郎殿と……」

と、驚いたように目をみはった。

それは、森定忠三郎に脅しを受けた数日後の夕餉の席だった。その忠三郎のことは頭の隅に押しやり、道場で会っても目を合わせないようにしていた。もっとも忠三郎は、大河などまったく眼中にないという態度で、稽古に励んでいた。

「毎日ではありませんが、ときどき鍛冶橋にやってきては声をかけてくれます。年も同じなので気も合うのです」

「ほう、さようであったか」

「口止めされましたが、なぜわたしと稽古をするのかと聞きますと、兄の栄次郎さんに勧められたと言っていました」

「ほう」

晩酌をしている佐蔵は、盃を口許で止めてまじまじと大河を眺める。

「栄次郎さんは、わたしは伸びると言っているらしいんです」

「ふむ」

「それで道三郎さんに言ってやりました。おれはいずれ玄武館で一番強くなると」

「風呂敷を広げたか。あきれたことよ。まあ、おまえらしいことだが、わしには日本一の剣術家になると言ったな」

「それにはまず、玄武館で一番にならなければなりません」

「まあ、そうであろう」

「大河さん、前々から思っていましたけれど、どうしてあなたはそれほど剣術一辺倒なのです。わたしにはわからないわ」

お冬が食事の世話をしながらあきれ顔を向けてきた。

「それはわたしにもわからないこと。道場では剣術馬鹿と言われています」

「たまには他のことを考えてみたらいかが……」

「どんなことです？」

大河はお冬をまっすぐ見る。

この頃、お冬は肉付きがよくなり、胸のふくらみが大きくなっていて、尻も丸みを帯びてきた。それに目に妖しげな光を湛えることがある。そんなとき大河は、どきっとして正視できなくなる。

「そうね。芝居を見に行くとか、俳句や絵を嗜むとか、本を読むということかしら」

大河はへらっと笑った。

お冬がその笑いの意味をつかみかねたように、目をしばたたいた。

「そんな暇があったら稽古をします」

「まったくあきれた人ね」

お冬は首を振りながら、飯碗をわたしてくれた。

そんな夕餉の席で、佐蔵は何度となく同じ話を聞かせた。その夜もそうであった。

「うるさく思うな。おまえの頭にすり込む必要があるからだ」

それは、

――一足一刀の間に入ったら、すかさず打ち込め。

――強い踏み込みは大事だが、その足を素速く戻すことを忘れるな。

――勝つためには、日頃から相手をよく見ておくことだ。

――呼吸を読め。相手に自分の呼吸を気取られるな。

――相手の隙が見えぬときは、構えを変えろ。

――足さばきの稽古を疎かにしてはならぬ。

もちろん大河はうるさいなどと思わなかった。それに言われたことを、少しずつわかるようになっていた。

とくに足のさばきは、他の門弟以上に時間をかけて行っていた。送り足、開き足、摺り足。それらは前後左右、あるいは斜めに、なめらかに動くようでなければならなかった。

難しいのは相手の呼吸を読むことだ。これは上位の門弟になるほどわかりづらかった。大河の目下の課題でもある。

そういった佐蔵と大河のやり取りをそばで聞いているお冬は、

「寝ても覚めても剣術ばかりなんですから」

と、あきれたようにため息混じりにつぶやく。

秋が深まりはじめた日のことだった。玄武館お玉ヶ池道場と鍛冶橋道場の門弟が、試合をすることになった。その人選は、お玉ヶ池は周作が、鍛冶橋は定吉が行った。

両道場から選ばれるのは十人である。大河はそのなかに入ることはできないと覚悟しながらも、

（なんとか入れてもらえないものか）

と、胸の内で祈るように思っていた。

ところがその思いが通じたのか、定吉が大河を指名したのだ。そして、自分を敵意に満ちた目で見てくる森定忠三郎も、そのなかに入っていた。

その試合は選考を兼ねており、力量が認められれば、初目録をもらえると告げられた。大河は目の色を変え、前にも増して稽古に励んだ。

九

玄武館お玉ヶ池道場の脇にある庭から、甘い芳香を発していた金木犀(きんもくせい)の花が落ちはじめ、代わりに蕾(つぼみ)から花を開きはじめた山茶花(さざんか)の赤い色が目を引くようになった。

秋晴れの空はどこまでも高く、笛のような声を降らす鳶(とび)が気持ちよさそうに旋回していた。

大河は高ぶる気持ちを抑えながら、選考試合が行われるお玉ヶ池道場の玄関に入った。まだ門弟は数人しか来ていなかったが、誰もがいつにない緊張感を漂わせていた。

その日、道場に入るのを許されるのは、試合に参加する者と玄武館の高弟、そして二人の当主と師範代他三十人あまりだった。

なにしろ五千人を超える門弟を抱える大道場なので、人数を制限しなければ町内の迷惑にもなるし、混乱を来すからだった。

大河が道場の隅に座り支度をはじめたとき、庄司弁吉が見所横の廊下から姿をあらわした。道場にいる門弟らをひと眺めして、

「鍛冶橋はこっち側に座れ」

と、見所に向かって右側をうながした。

大河は指図どおり右側に移動して座り直した。それからつぎつぎと、その日の試合に出る門弟らがやってきた。みんなは弁吉に畏まって挨拶をする。

森定忠三郎もやってきて、大河のそばに腰を下ろした。もちろん目など合わせはしない。大河は力量を認められれば初目録をもらえるが、忠三郎は中目録免許をもらえることになっていた。

大河は手際よく支度を調えると、まわりの者たちを眺めた。知らない者もいる。

(あやつ、いかほどの腕があるのだ)

一人ひとり検分するように見ていく。

最後に見所横に立っている弁吉に視線を注いだ。初めて玄武館に来たとき、鍛冶橋道場に案内してくれた高弟だ。それも玄武館の四天王の一人である。それを知ったのは入門後のことだったが、気さくな人柄に似合わない練達者だと知り、以降顔を合わせるたび恐縮しながら挨拶をしている。

四天王はその弁吉と、稲垣定之助、森要蔵、塚田孔平である。大河が顔を知っているのは、四天王のうち二人だけだった。庄司弁吉と森要蔵である。

千葉周作は水戸家とのつながりが深く、塚田孔平は水戸藩邸での剣術指導に出向いていると聞いている。また、稲垣定之助は肥後熊本の出で、いまは熊本藩での剣術指南役に忙しいと聞いていた。

心を落ち着けるために目を閉じていると、道場がにわかに騒がしくなった。かっと目を開けて最初に見たのは、千葉定吉の次女佐那だった。

大河の心の臓がどきんと脈打った。大河より三つほど下の佐那は、凛とした美しさと華やいだものを併せ持っていた。

道場でもよく目にするが、言葉を交わしたこともなければ、近づいたこともない。いつも離れたところから眺めているだけだ。

その佐那は「千葉の鬼小町」と呼ばれ、すでに皆伝の腕があった。剣術もやるが小太刀を得意としており、その稽古がはじまると汗臭い男たちのなかにあって、一輪の可憐な花が咲いたように見えた。しかし、稽古ぶりは容姿に似合わぬ男勝りだ。

佐那の他に、千葉周作、千葉定吉、以下千葉重太郎、周作の長男奇蘇太郎、次男の栄次郎、三男の道三郎、四男の多門四郎の顔があった。

多門四郎は大河より三歳下だが、その腕はすでに高弟と変わらぬ技量があると聞いていた。大河が一度手を合わせたい一人である。

一段高い見所に周作と定吉が座り、他の者たちはその脇に控えた。

「これより試合を行う。立ち合いの見立てはわたし森要蔵と庄司弁吉で行う。名前を呼ばれた者は前に出てくるように」

森要蔵が、試合に参加する門弟二十人をゆっくり眺めて言った。

大河は我知らず緊張している自分に気づき、静かに大きく息を吸って吐いた。

反対側の窓際にこれから対戦するお玉ヶ池道場の門弟たちが、鍛冶橋道場の門弟らを威嚇するような目で見てくる。大河はその視線を撥(は)ね飛ばすような眼力で見返した。しかし、知った顔はなかった。鍛冶橋側にも大河の知らない顔があった。

「山南敬助(やまなみけいすけ)、前へ」

呼ばれた山南が静かに面をつけて支度にかかった。

「鍛冶橋の山本大河、前へ」

大河は目をみはった。まさか最初に戦うとは思っていなかったからだ。

「はッ」

短く返事をした大河は、面をゆっくり被(かぶ)った。

十

立ち合いの支度を調えた大河は、袴の裾を左右にさばきながら、下座中央に移動してゆっくり座った。対戦者の山南敬助が目の前に座った。

（どういう技を使うのだ？　おれより強いのか？）

大河は相手の目を見ながら心中でつぶやく。心の臓が強く脈打っている。稽古中の立ち合いと違う、初めての試合である。緊張を禁じ得ない。

（相手も同じだ）

臍下に力を込めて、自分に言い聞かせる。

互いに座礼をして立ち上がり、立ち合いの間に進むと、上座（見所）に向かって一礼し、もう一度山南に礼をして蹲踞し、竹刀を合わせたところで、

「はじめっ！」

と、森要蔵の合図が道場内にひびいた。

大河と山南は互いに相手の目をそらさず立ち上がり、中段の構えを取ると、左足から五歩ほど後退して自分の構えに入った。山南も同じ動きをし、

「たーッ!」

と、先に気合いを発した。大河も負けじと気合いを返す。

対戦者の山南はいずれ新撰組の総長となる男だった。もちろん、山南がそういう男になるなど、本人はもとより誰も知ることではない。それに冷静な山南には激しさは見られない。対戦者の大河を、池に浮く花を見ているような落ち着いた目で凝視している。

緊張が高まり、大河の胸は激しく脈打っている。中段のまま歩み足を使って小さく間合いを詰める。山南の技量のほどはわからない。

じりじりっと、山南が間合いを詰めてくる。大河は隙を窺うが、見えない。

「きえー!」

山南が気合いを発すると同時に、小手を狙って打ち込んできた。大河はとっさに下がって、返し技で面を打ちにいったが、横に払われた。

すぐさま竹刀を引き、攻撃の形を作る。だが、山南はその一瞬の動きを見逃さずに、打ち込んできた。

「きぇーい!」

上段からの面打ちだった。同時に大河も気合いもろとも面を打っていた。

ばちん！

大きな音が重なった。

大河の脳天に衝撃、しかし相手にも衝撃を与えていた。しかも、大河の竹刀は折れていた。渾身の力で打ち込んだからだ。山南がくらっと体を揺らして下がった。

「それまでッ！」

森要蔵の声がひびいた。

大河は勝ったと思った。しかし、要蔵の手は山南のほうに上がった。

（まさか）

大河はもう一人の検分役弁吉を見た。山南の勝ちに異議はない。見所の千葉周作も千葉定吉も山南の勝ちを認めていた。

負けた。

大河は悔しくて奥歯を嚙んで、立ち合いの位置に進み蹲踞して竹刀を合わせてから納め、立ち上がって下がり一礼をした。

自分の席に戻り控えたが、負けが悔しくて仕方ない。相打ちだったかもしれないが、おれのほうが早かったと思った。しかし、負けていた。

なぜだ、なぜだと胸の内でつぶやくが、負けは負けである。これで終わりなのか。

そうであれば納得できない。もう一度立ち合いたい。

一人勝手に葛藤しているうちに、試合は進んでいった。二番目もお玉ヶ池のほうが勝った。つぎは鍛冶橋が勝った。

他の立ち合いを見ているうちに、おれは硬くなっていた、力みすぎたのだと気づいた。打突の威力はあるが、普段の速さの打ち込みができなかったのだと気づいた。

試合は進み、大河を毛嫌いしている森定忠三郎の番になった。大河は忠三郎の稽古を見ているので、どんな戦いをするかおおよそ予想できた。

ところが、いざ試合がはじまると、忠三郎はぴょんぴょん跳ねるような動きをする。これには目をみはった。あきらかに尋常でない動きに対戦者が戸惑っている。

「おりゃ、おりゃあ！」

普段無口な忠三郎は、体に似合わない割れ鐘のような気合いを発する。相手が間合いを詰めてきた。忠三郎は誘いかけるように前に出たと思うと、すぐぴょんと左へ動く、また今度は右へぴょん。

（なんだあれは……）

大河は忠三郎が考えた作戦なのか、独自に編み出した技なのかと訝しんだ。相手が打ち込んできた。忠三郎はぴょんと右に跳ぶなり、相手の面を打っていた。

ばしっと竹刀の音がして、即座に「それまでッ」と、森要蔵の声がかかった。同時に「ほう」と、感心したような声がいくつかした。忠三郎の勝ちを意外に思うような声だった。

忠三郎が下がってきて面を外した。その顔には安堵の色が浮かんでいた。まずは一勝であるから無理もない。

そんなことよりお玉ヶ池から出てくる門弟は、なまなかな腕ではなかった。目を惹いたのが、清河八郎と小澤寅吉、井上八郎だった。

井上八郎は見るからに年が行っていた。おそらく最年長のはずだ。それなのに動きが速く、しかもきれいである。

鍛冶橋の門弟をするっとかわし、軽く打ち返してあっさり勝ちを得た。

「大河、竹刀だ」

先輩の門弟が新しい竹刀を持ってきて、

「まだあきらめるな」

と、耳打ちして下がった。

大河ははっとなった。負けはしたが、もう一度立ち合えるということだ。

（よし、つぎこそは）

と、大河は歯を食いしばり、自分を鼓舞した。

緊張感を孕む道場では気合いが交錯し、竹刀のぶつかり合う音と、床板を踏む音が混交していた。はたと気づけば、道場に入ることのできない門弟や近所の者たちが、武者窓に張りついて見物していた。

約半刻（約一時間）を過ぎたとき、両道場の勝敗が決していた。勝者は鍛冶橋四人、お玉ヶ池六人だった。当然であるが、負けた者は十人。その負けた者同士が戦うことになった。

ここから先は、お玉ヶ池と鍛冶橋の門弟の区別はされなかった。

大河の立ち合いは二番目だった。相手は同じ鍛冶橋の門弟落合良平だった。いかほどの腕があるかは知っているが、稽古をしたことはない。

作法どおりの礼ののち、蹲踞から立ち上がり、中段の構えで向き合う。

「きえーッ！」

大河はひときわ高い声を発して間合いを詰めてゆく。落合も気合いを発して前に出てきた。先に大河が仕掛けた。面を打ちにいったのだ。

落合は返し技を使って、逆に面を打ち込んできた。大河はすんでのところで半身をひねってかわし、すぐさま突きを送り込んだ。肩先をかすっただけだった。

すぐさま胴を抜かれそうになった。大河は床板を蹴るなり、跳躍しそのまま落合の脳天に竹刀をたたき込んだ。

「おりゃあ！」

気合いと同時に汗が飛び散り、打ち込んだ大河の竹刀が鋭い音を立てた。

面打ちは見事決まっていた。脳天を直撃された落合は中段の構えに戻っていたが、体をふらつかせていた。

「それまでッ！」

森要蔵が大河のほうに手を上げた。

その瞬間、落合の体がぐらっと傾き、そのままどおと床に倒れた。一瞬、道場内が水を打ったように静かになった。

「落合、大丈夫か？」

庄司弁吉が駆け寄って、落合の面を脱がせて、頰をたたいた。だが、落合の目はうつろで返事をしない。

「手を貸せ」

下座に控えていた門弟がすぐさま駆け寄り、失神した落合を抱き起こして道場隅に運んで介抱をはじめた。

大河は見所に一礼して下がった。落合のことが心配になったが、すぐに息を吹き返したようだ。

第一戦で負けた者同士、五人と五人の立ち合いが終わると、第一戦の勝者同士の対戦が組まれた。

奇妙な動きをする森定忠三郎が二番目に出てきた。相手は大河を負かした山南敬助だった。

「あれじゃ勝てまい」

隣に座っている先輩の門弟がつぶやいた。大河がちらりと見ると、言葉を継ぎ足した。

「山南はすでに小野派一刀流の免許持ちだ。森定の相手ではない」

そうだったのかと、大河は改めて山南を見て唇を嚙んだ。

その瞬間だった。跳ねるような動きをしていた忠三郎の喉に、強烈な突きが決まり、忠三郎は後ろに飛ぶように倒れた。

「よし、それまでッ！」

要蔵は山南に手を上げたが、忠三郎は昏倒しているらしく仰向けのままだった。控えの門弟が急いで前に出て、忠三郎を道場の隅に運んで手当をはじめた。

大河はもう一度立ち合えることに目を輝かして、自分の番を待った。

激しい立ち合いが目の前で繰り広げられたが、勝ちを収めたのは四人がお玉ヶ池、一人が鍛冶橋だった。

その立ち合いが終わると、短い休憩が与えられ、勝った者は水を飲んだり汗を拭いたりしてつぎの立ち合いに備えた。

短い休憩のあとで、第二戦の勝者同士の組み合わせがあり、大河は二番目に呼ばれた。

相手は清河八郎。大河が、この人は強いと試合を見て感じ入っていた相手だった。

だが、負けるつもりなどない。

今日の試合に出ているなかで、大河がもっとも若いが、年の差は関係ないと、持ち前の気丈さで立ち合いに臨んだ。

第一戦では負けたが、第二戦では勝った。そのことで落ち着きが生まれていた。

「はじめッ」

森要蔵の声で、大河はゆっくり立ち上がり、互いに左足から五歩下がり対峙した。

清河八郎の眼光は鋭く、威圧感がある。しかし、大河も負けじとにらみ返す。

体は清河のほうが大きい。威風堂々としており、立ち姿が凜としている。いずれ新撰組や新徴組の道筋をつけ、虎尾の会を率いて維新の火付け役になる男だが、誰もそんなことなど予測はできない。

「おりゃあーッ！」

清河が割れ鐘のような大音声を発した。その声は道場内にひびきわたり、大河の気勢をわずかに削いだ。しかし、負けじと気合いを発し返して、前に出た。

清河が剣先を小刻みに動かしながら間合いを詰めてくる。大河も摺り足で間合いを詰めながら隙を窺う。

大河は隙を見つけようと右にまわるように動き、攻撃の瞬間を窺う。しかし、どこへどう打っていけばいいのかわからない。清河には隙がない。

大河は中段に置いていた竹刀を上段に移した。

すると、清河は竹刀の切っ先を下段に変えた。

（ん……？）

小手が空いている。胸も同様だ。突きか小手か……。

大河は攻撃の手を考えながら間合いを詰めた。間合い一間半で先に仕掛けた。右足を踏み込んでの小手だった。

「きえーッ！」

パシッと竹刀の音。払われたのだ。あっと思った瞬間、体が宙を舞った。

足払いをかけられたのだった。大河は尻餅をついて落ちたが、すぐに立ち上がって突きを送り込んだ。今度は擦り払われると同時に、間合いを詰められた。

（いかん、面を打たれる）

打たれる前に相手の懐に飛び込んだ。直後、胸を強く押された。

「あッ……」

突き飛ばされた大河が小さな声を漏らしたときには、控えている門弟たちを通り越し、背後の羽目板にぶつかった。

清河は追ってこずに道場中央に控えている。大河は歯を食い縛って素速く立ち上がると、控えの門弟たちをかき分けるようにして戻り、

「きえーッ！」

と、気合いを発して前に出た。

そのまま直線的に竹刀を動かして面を打ちにいった。

バシッ！

激しく鳴った竹刀の音と同時に、

「どおーッ！」

という清河の気合いがひびいた。

「それまでッ！」

大河の負けである。胴を抜かれたのだ。

十一

負けたことで大河は、しばらく放心したように座っていた。

目の前では、第三戦の勝者同士が総あたりでの立ち合いを展開していた。

大河は呆けたような顔で、その試合を眺めていた。しかし、いつものように他人の動きを研究する真剣さは消えていた。

三戦して一度しか勝てなかった。しかも、清河にはいいように弄ばれ、力の差をいやというほど思い知らされた。

（おれは弱いのだ。まだまだ、この人たちにはかなわない）

いまの大河に普段の強気の虫はなかった。

清河八郎には攻める手もなく、たたき伏せられた。その負けた衝撃は強く、おのれを取り戻せないでいた。

これまで、大河には根拠のない自信があった。勝てるという自信が。

しかし、現実は甘くなかった。実力の差は歴然としていた。見取り稽古をしているときは、誰にでも勝てそうな気がしていた。ところが、直接立ち合うと、自分の思い描いていたような戦いはできなかった。

ふと、隣を見ると森定忠三郎がうなだれていた。試合も見ず、自分の膝許を凝視している。負けたことが悔しいのか、心なし目を赤くしていた。忠三郎は中目録免許を取りたかったはずだ。だが、今日の選考では無理だろう。大河にもなんとなくわかったが、本人はもっと自覚しているはずだ。大河は視線を試合に戻した。

玄武館には自分より強い人がたくさんいる。すると、世の中には自分の知らないもっと強い剣術家がいるということだ。

（おれは未熟なのだ）

悔しいがそのことを認めるしかなかった。自分の不甲斐なさと未熟さを享受しながら、おのれに腹を立てていた。悔しさと自分に対する腹立ちが綯い交ぜになり、泣きたいほどだった。

大きく息を吸って吐き出し、涙を堪え、ようやく目の前で行われている立ち合いを、普段どおりに見られるようになった。

総あたりで勝ち残ったのは、ついに三人に絞られた。

清河八郎、小澤寅吉、そして井上八郎だった。

甲乙つけがたい立ち合いが展開され、一番の年長者である井上八郎が、体力の消耗激しく負けてしまい、最終的には清河八郎と小澤寅吉の戦いになった。

どうにか自分を取り戻した大河は、清河八郎の動きを食い入るように見た。

対戦者の小澤寅吉には、これという特徴はなかった。ただ、俊敏できれいな技の持ち主だというのがわかった。

しかし、清河八郎の動きには静と動があり、静のときには相手を威圧する空気を身に纏(まと)い、いざ動くときには峻烈(しゅんれつ)である。

まさに一足一刀の間合いを見切った瞬間に、電光石火の技を繰り出すのだ。その技はまさに瞬息であった。

しかし、小澤寅吉も優劣つけがたい動きで、清河の打ち込みを応じ技で返し、さらに打ち込みの瞬間に横へ打ち落として、突きを返したり小手を狙ったりした。

両者の息はすでに上がっており、ぶつかるたびに汗が飛び散り、気合いが交錯した。

だからといって無駄な動きはない。間合いを詰めるにしても、そこには一触即発の緊張感があり、竹刀の切っ先がぴくっと動けば、対戦者の体が敏感に反応する。

いまや試合に出た者も、見所とそのまわりに控える高弟も、さらに道場外の見物人たちも息を呑んで試合の行方を見守っていた。

どん！　清河が強く床を蹴った。

小澤はそれまでにない清河の動作に虚をつかれたのか、一瞬下がろうとした。清河の体が俊敏に動いたのはその瞬間だった。

ぴしッ！

「あちゃー！」

清河が気合いを発して下がった。見事、小澤の小手を打っていたのだ。

「それまでェ！」

森要蔵が声を張った。

結果、この試合の勝者は清河八郎だった。

千葉周作は試合参加者の労をねぎらい、またいままで以上に発奮して鍛錬に励むようにと訓辞をしたあとで、清河の勝利を讃えた。

大河は両膝を強くつかみ、唇を嚙んで、その称賛の言葉に耳を傾けてはいたが、おのれの耳には、「まだまだおまえは甘い。鍛錬が足りぬ」というふうに聞こえてならなかった。

そして、おれは弱すぎる、このままでは引っ込みがつかぬと、大きく息を吸って、毅然とした顔で座っている清河八郎を凝視した。

（……清河さん、いずれ近いうちに負かします）

大河は目を光り輝かせながら心の内で呼びかけた。

十二

その年の暮れ、初試合から三ヶ月後に改めて選考試合があった。

このときは鍛冶橋だけの門弟で行われたが、大河は初目録を許された。しかし、喜びはしなかった。佐蔵に報告しても「さようか」と、そっけない返事だった。

もちろんそんなことで大河は腐らない。つぎは中目録をもらい、そして大目録皆伝という目標がある。それなのに大河の志は、さらにその先にあった。まずは鍛冶橋で一番強い男にならなければならないということだ。

だから道場の稽古に加えて、自己鍛錬も怠らなかった。

それは、年が明けた嘉永三年（一八五〇）の三月末、野に菜の花が咲き、沈丁花のかぐわしい香りが漂う頃だった。

鍛冶橋の道場にて力量を試す選考が行われることになった。

大河はすでに初目録を得ていたので、今度は中目録免許を取れるかどうかの選考試合である。これには型の演武が加えられていて、選考試合で好成績を残すだけでは及第できなかった。それ故に大河は選考日前から、熱を入れた型稽古を繰り返し、その日に備えた。

そしてもう一人、血眼（ちまなこ）になって鍛錬を重ねる男がいた。

森定忠三郎である。

忠三郎にとって出世が叶（かな）うか叶わないかという、最後の選考になるからだった。最後というのは、国許の父忠蔵から引導とも取れる手紙をもらっていたのだ。

それには、今年の四月までに中目録免許を取得できなければ、あきらめて帰ってこいとあった。その理由は家計が厳しいので、これ以上の費えはできないということだった。

つまり、四月から仕送りが途絶える。それまでに中目録をものにしなければ、水戸に帰るしかないのである。そうなると、またもや邪魔者扱いされる部屋住みに戻ることになる。

それは断じてあってはならない。だから忠三郎は今度こそはと、目の色を変え前にも増して稽古に打ち込んでいた。左右に跳ぶように動く変則の技を考案したが、通用しないと知り、また師範代の重太郎から、

「無駄な動きだ。腰を据え、たしかな太刀筋をものにしろ」

という忠告も受けていた。忠三郎は素直にその言葉に従い、自分に足りないものを会得しようと必死になった。

これまで三度、選考を受けたが、いずれも合格には至らなかった。落とされるたびに我を嘆き、まわりで喜ぶ門弟らを羨み妬んだが、気持ちを入れ替えて精進してきた。それ故に、これが最後の選考試合となるのだった。

その日がやってきた。

誰よりも早く道場に入ったつもりだが、もっと早い門弟がいた。山本大河だ。道場の隅で型稽古を繰り返しており、忠三郎に気づくと、軽く会釈をした。忠三郎はこしゃくな野郎だと思うだけで応じない。

(あやつも中目録を……)

そうか去年初目録を取ったと、誰かに聞いたことがあったのを思い出した。

忠三郎は支度にかかり、これまでやってきたことを頭のなかで暗誦するように思

い返した。力はついている。型の演武も万全の備えだ。

（今日こそは）

と、自分を鼓舞した。

選考を受ける門弟らがやってきて、当主の定吉、定吉の右腕となっている師範の重太郎、そして佐那が揃い、検分役を務める高弟が見所前に出てくると、早速選考がはじまった。

まずは演武から順々に進められ、試合形式の選考になった。忠三郎は順当に勝ち進んでいったが、三人目に負けて席に戻った。そして、その日最後の二人に残ったなかに山本大河がいた。

（あやつが……まさか）

そんな思いで選考試合を見ていたが、ついに大河が勝ち抜いた。

それからすぐに合否の結論が出された。忠三郎は合格できなかった。師範代の重太郎が、紙一重の差であったと、忠三郎に選評を付け加えたが、嬉しいはずがない。まさに背水の陣、崖っぷちに立たされた者の心境の如く、今度こそはと万全の準備をして臨んだのに、またもや届かなかった。対する大河はあっさり及第である。

（おかしい。なぜだ？）

落胆と怒りが綯い交ぜになり、道場に対する不信を募らせた。なにかが違う。師範と師範代がおれの力量を認めず免許をくれないのは、意地の悪い画策をしているのだと思った。

それに、山本大河は贔屓されている。そのことは以前から感じることだった。なにか裏にあるのだと思わずにはいられなかった。その大河と視線が合った。にやりと頬をゆるめ、自信に満ちた顔を向けてきた。

（あやつ、おれを小馬鹿にしおって）

もう許せぬ。免許などどうでもいい。

（あやつめ、あやつめ、おれを蔑みおって……）

忠三郎は唇を強く嚙んで、大河の横顔をにらみつけた。

選考試合から三日後のことだった。

大河が道場から出てしばらく行ったところで、声をかけてきた男がいた。森定忠三郎だった。

「これは森定さん」

「話がある。ついてこい」

忠三郎はお堀端の通りまで行き足を止めた。

「話とは何でしょう……」

大河は怪訝そうな顔を忠三郎に向けた。

「道場をやめて国に帰ることになった。先生にはその旨の挨拶をしてきた」

「それはまた残念な」

「まことに残念だ。だが、仕方がない。おれにはいろいろと都合があるのだ。それにもまして残念なのは、百姓の倅が免許を取り、水戸家の子弟であるおれがもらえなかったということだ。どうやらあの道場はおれを認めたくないようだ」

忠三郎は苦渋に満ちた顔で、道場のほうを顎でしゃくった。

「それは違うと思います」

「なにが違うものか。人にはそれぞれ好き嫌いがある。相手によっては気に入るやつ、気に入らないやつがいる。きさまとてそうであろう。気に入らないやつへの裁定は辛い。きさまは師範代にも道三郎殿にも媚びを売っているので贔屓される」

「わたしは媚びなど売っていません」

大河は忠三郎をにらむように見た。

「ま、そんなことはどうでもいい。話とはおれと勝負してもらいたいということだ。

考えてみればきさまと稽古をしたこともなければ、試合でも立ち合っておらぬ」

「以前、わたしをたたきのめすとおっしゃいましたね」

「国に帰る前にそうしたいのだ。受けるか、それとも卑怯にも断るか」

「卑怯……」

大河は口を引き結んだ。

「ならば受けろ」

「いつです？」

「明日、七つ半（午後五時）鉄砲洲、佃之渡しそばの浜で待っている。よいか。それとも怖くて逃げるか」

大河は忠三郎をにらんだ。卑怯だとか、怖くて逃げるとか言われたが、自分はそんな男ではない。

「承知しました」

「では、約束だ。ただし、使うのは竹刀ではなく木剣だ。よいな」

大河はうなずいた。

「覚悟して来い」

忠三郎はそのまま背を向けて歩き去った。

十三

大河は果たし合いとも取れる忠三郎の申し入れを受けたが、理解に苦しむことがあった。何故、以前から自分を敵のように見て、驕慢な態度を取りつづけてきたのかということだ。

自分が村名主の倅で、忠三郎がれっきとした水戸家の上士の倅という違いか。それとも忠三郎の癇に障ることを、知らないうちにしていたのかと考えた。しかし、思いあたることはない。

となれば、忠三郎が言ったように、人にはそれぞれ好き嫌いがあるということだろう。たしかに人によって反りが合う者、そうでない者はいる。

（ただ、それだけのことか……）

考えてもわからなかったが、忠三郎の申し入れをいまさら反故にすることはできない。

翌日、稽古を早めに切りあげると、そのまま鉄砲洲に向かった。海辺の風は冷たく、日は大きく西にまわり込んでいる。

遠くの浜で若布を引きあげている人の姿があるぐらいで、近くに人影はなかった。

大河が砂浜に下りると、波打ち際で群れていた千鳥が一斉に飛び立った。

大河は佃之渡しのほうに歩いた。浜のずっと先に浮かぶ佃島と石川島が夕日に翳りつつあった。

「来たな」

背後から声がかかった。大河がさっと振り返ると、忠三郎がゆっくり近づいてきた。すでに襷を掛け、手に木刀を持っていた。

「覚悟はいいだろうな。道場とは違うぞ」

「寸止めでしょうね。下手をすれば怪我をしますよ」

「ほざくな」

大河は大小を腰からぬき、竹刀をそばに置くと、素速く襷を掛け、以前より使いつづけている例の木刀を両手でつかんだ。

「いざ、勝負だ！」

忠三郎が声をかけて中段に構えた。

大河も正対して中段に構える。間合い四間。押しては返す波の音に、海鳥の声が混じる。風が小鬢の乱れを揺らした。

大河は雪駄を飛ばすように脱ぐ。忠三郎も雪駄を脱いで間合いを詰めてきた。

忠三郎が炯々とした眼光で隙を窺う。大河も同じように隙を見ながら、忠三郎の出方を考えた。

（どこから来る？　先に打ち込むか……）

間合いが徐々に詰まり、いつでも打ち込める距離になった。

雲が夕日を遮り、辺りがすうっと暗くなったとき、忠三郎が足許の砂を蹴り、気合いもろとも打ち込んできた。

「おりゃあー！」

大河は面を狙ってきた木刀を撥ね上げた。カーンと乾いた音が耳朶にひびいた。

同時に忠三郎の木刀が手から離れ宙を舞っていた。

その刹那、大河は一挙に間合いを詰め、忠三郎の面に木剣を飛ばしていた。

顔色をなくした忠三郎が棒立ちになっていた。大河の木刀は、その額のそばにぴたりと止められていた。

「気がすみましたか……」

大河は木刀を引いて、ゆっくり下がった。

忠三郎は左腕が痺れているのか、右手でさすりながら両膝をついた。

惨めな姿だった。大河はなにか声をかけようかと思ったが、喉元で呑み込み、波打ち際に突き刺さっている忠三郎の木刀を見て、そのまま浜をあとにした。

第五章　傘張り

一

嘉永五年（一八五二）——

大河は十八歳になっていた。

三年前、大河は初めての試合で惨敗を喫し、剣術の難しさ、奥の深さを思い知らされたが、その後の精進が実り、生まれながらに持っていた才能を開花させていた。

入門当初、大河は「雑巾掛け」と揶揄されていたが、いまはそんなことをいう門弟は誰一人いなかった。大河が道場に入れば、誰もが視線を注ぎ、頭を下げて一礼するようになっていた。

大河が初目録を受けたのは、初試合から三ヶ月後の選考試合だった。さらに、入門一年後には中目録をもらった。その後はとんとん拍子で進み、入門三年後の今年の春に大目録皆伝をもらっていた。まさに目をみはる上達ぶりで、内に秘めていた才能を一気に開花させたのだ。

以前、大河を目の敵にして毛嫌いしていた森定忠三郎は、ほしがっていた中目録をものにすることができず、一昨年の春、静かに江戸を去っていった。

忠三郎が負け犬なら、大河は勢いに乗った昇り竜の如しで、いまや当主の定吉や重太郎の補佐をする師範代並の扱いになっていた。

そうなれたのは大河本人の負けず嫌いと、人一倍の鍛錬の成果でもあったが、最初の師匠である秋本佐蔵の教えがあったことを忘れてはならない。

その佐蔵が体に変調を来したのは、この年の夏の終わりだった。

突然、台所で倒れ、そのまま呼吸が難しくなったのだ。

医者の診立ては軽い卒中だった。

「酒煙草をやめ、塩物を控えればいずれ快方に向かうであろう」

気休めなのか、ほんとうにそうなのかわからなかったが、医者を信じ頼るしかなく、大河は道場通いを中断し、佐蔵の食事の世話、下の世話、身のまわりの世話に明け暮れていた。

その甲斐あってか、佐蔵は徐々に持ち直し、自分で立って歩くようになり、明瞭ではないが少しずつ会話ができるまでになった。

いつしか江戸の木々は色づき、枯れ葉を落とすようになっていた。佐蔵の屋敷に一本ある百日紅は、夏に赤い花を咲かせたが、いまはその花もなく、葉も色づく間もなく風に散らされていた。

変わらないのは、濃い緑の葉を茂らせている柘植の木だけである。

そんな庭を大河はぼんやり眺めていた。

佐蔵に稽古をつけられた庭である。そこにはいまでも打ち込み用の丸太が埋め込まれていて、藁が巻かれていた。

くる日もくる日も同じ稽古をつづけた。素振り・石臼引き・型稽古・足さばき・丸太への打ち込み。

玄武館に通うようになって、その稽古から遠ざかっていたが、ときどき佐蔵に教えを受けてもいた。その教えは精神的なことが多かったが、実践的な技も伝授されていた。

佐蔵は神道無念流をきわめていたので、技はその流儀に沿ったものだったが、

「流派など関係ない。流派というのは型の飾りだ。その流派も所詮は、人の都合で

名付けられたものに過ぎぬ。おまえを玄武館に入れたのも、考えあってのことだったのだ」

ある日、そんなことを口にした。

「考えあってのこと……それは……」

大河はしわ深い佐蔵の顔をまっすぐ見た。佐蔵は少し考えてから答えた。

「わしは強い打ち込み、誰よりも速い竹刀の使い方を教えた」

「それだけではありません」

「聞け」

「……………」

「おまえには誰にも負けぬ力がある。初めて会ったときに、おまえの素振りを見て、これは神道無念流を教え込んだら恐ろしい男になると見込んだ。そして、おまえはそうなった。おそらく真剣を持っても、誰よりも速く振ることができるだろう。しかし、剣というのは力業だけでは通用せぬ。それだけではいずれ窮するときがくる。だから、わしは千葉殿に預けたのだ。あの方は北辰一刀流を編み出された技持ちだ。いまだから言うが、わしは千葉殿と何度か立ち合っている」

「聞いています」

「わしは互角に戦った。力では勝っていた。しかし、千葉周作という男は、技巧者だった。その技に感嘆をした。いまさら千葉殿に弟子入りなどできぬと思いあきらめた矢先に膝を悪くしたが、運良く川越藩の剣術指南役に取り立てられた。すでに若い盛りは過ぎておったし、欲もなかった。だから波風を立てぬ生き方をしてきた。我が心に物足りなさはあっても、平穏だった。妻に先立たれてしまったが、お冬は無事に育ってくれた。あとは嫁に出すだけで、わしは思い残すことはない。つましい暮らしに不足はなかった。そんなときに、おまえが目の前にあらわれた」

佐蔵はまっすぐ大河を見つめた。

「あのとき、わしにはわかったのだ。こやつはモノになると」

大河はかっと目をみはった。

「だからおまえを手放さなかった。むろんおまえの父親の望みどおりに、へこたれて音を上げたならば、それまでのことで、川越に追い返そうと考えていた。ところが、おまえはついてきた。わしは舌を巻く思いだった」

佐蔵は小さく笑った。

「そんなわしは、おまえにわしの夢を託してもよいと考えた。だから、千葉周作殿にひそかに相談をしたのだ。血はつながってはおらぬが、わしに秘蔵子ができた。

ついては預かって鍛えてくれぬかとな」

「そんなことが……」

佐蔵はやわらかな笑みを浮かべた。

「先生、いま先生の夢を託すとおっしゃいましたね。その夢とはなんなのです？」

佐蔵は短い間を置いて答えた。

「……大河、おまえはわしに初めて会ったとき、大風呂敷を広げたな。この国で一番強い剣術家になりたいと」

大河は黙ってうなずいた。

「わしもそうなりたいという思いを胸に秘めていたのだ。しかし、膝を悪くしてあきらめざるを得なかった」

「さようなことでしたか」

ふっと顔にあたっていた日が翳り、庭が暗くなった。そのことで大河は我に返った。

縁側に座っていた大河はおもむろに腰を上げると、佐蔵の寝間の前まで行き、

「先生、なにか召し上がりますか？」

と、声をかけた。

「いらぬ。それより、ここへまいれ」

少し呂律はあやしいが、佐蔵はそう答えた。

大河は障子を開けて、佐蔵の枕許に座った。

「わしはもう長くないだろう」

天井を向いたまま言った佐蔵は、ゆっくり頭を動かして大河に視線を向けた。肌はかさつき、しわが一層深くなっていた。以前は霜を散らしていただけだった髷が、いまは真っ白になっていた。

「おまえには、教えられることは教えたつもりだ。あとはおのれで工夫をし、精進するのみだ。手を見せろ」

大河はそっと右手を差し出した。佐蔵がその手をつかんだ。しみの散ったかさついた手には、蚯蚓のような血管が浮いており、細くなっていた。

「いい手になった」

佐蔵は大河の手を掲げ、障子越しのあかりにかざし、愛おしげに眺めた。

「大河、おまえには大願がある。必ず成就させるのだ」

佐蔵はそう言って、大河の手を二度小さくたたいて放した。

「はい」

「喉が渇いた。水をくれるか」

「いまお持ちします」

大河が台所に行ったとき、玄関の戸が開き、お冬が戻ってきた。

「お帰りなさいませ。今日は少し早いのでは……」

大河が柄杓を持ったまま言うと、お冬はやや頬を上気させて、

「父上にお知らせしなければならないことがあるのです。眠っておいでですか？」

と、寝間のほうを見た。

「いえ、起きてらっしゃいます」

大河が答えると、お冬は草履を脱ぐのももどかしそうに急いで佐蔵の寝間に向かった。

「なんの知らせだろう」

大河は独りごちてから、水甕の水をすくって湯呑みについだ。

そのときだった。

「大河さん、大河さん！　父が、父上が！」

お冬の悲鳴じみた声が飛んできた。

二

佐蔵の野辺送りが終わった。

大河は衝撃が大きく、二日ばかり腑抜けたように佐蔵の家の縁側で、ぼんやり空を眺めていた。胸に大きな穴がぽっかり空いたような気分だった。

「先生……」

つぶやきと同時に、一筋の涙を頰に滑らせた。

通夜も葬儀にも立ち会い手伝ったが、佐蔵の門弟たちがその多くをこなしてくれた。門弟はすべて川越藩の家臣だった。

「大河さん……」

ふいに背後から声をかけられた。大河は目を腕で拭って振り返った。

「お茶を」

お冬が淹れ立ての茶をわたしてくれた。黙って受け取り、ゆっくり口をつける。

「これからどうなさるの？」

お冬の問いはわかっていた。お冬は坂岡平左衛門宅に武家奉公に出ていたが、その坂岡家で縁談を勧められ、話がまとまっていた。

相手は中浜八之助という百五十俵取りの勘定吟味方改役だった。

お冬はその報告を佐蔵にするために帰宅したのだが、吉報を届けることはできなかった。

「もうこの家にいることはできませんから……」

大河はもう一度茶に口をつけてから答えた。

「突然すぎましたからね」

「お冬さん、わたしのことは気にしないでください。それより、先生にお冬さんの花嫁姿を見せられなかったのが残念でなりません」

お冬はうつむいて膝の上で両手を重ね合わせた。

「先生の分も幸せになってください」

お冬がすうっと顔を上げた。美しい両目に涙が盛り上がり、

「大河さん、ありがとう。あなたも立派な剣士になられました」

そう言って、指先で涙を拭いた。

「まだまだ未熟者です。しかれど、ここまでわたしを育ててくれたのは先生です。そのご恩は一生忘れません。先生に誓ったとおり、わたしは日本一の剣術家になり

ます。それがご恩返しだと思っています」

お冬がふっと小さな笑みを浮かべた。

「その心意気はちっとも変わりませんね。でも、それが大河さんなのね」

大河は口辺に笑みを浮かべただけで、顔を逸らして空を見やった。すっかり秋の空で、薄いうろこ雲が浮かんでいた。

「ちょっとお待ちください」

お冬は大河の背中に声をかけて奥の間に下がった。畳を摺る足袋音が静かに遠ざかったが、お冬はすぐに戻ってきた。

「これを預かっていたのです」

大河が振り返ると、お冬が財布を押し出すように滑らせた。

「なんでしょう……」

「父上は黙っていましたが、この夏倒れたあとでわたしにこっそりわたされたのです」

「……」

「大河さんのお父上から、年に何度か川越藩邸を介して父上に届けられていたのです。父上は手をつけていませんでした。いずれ、大河さんが独り立ちするときにわたすものだとおっしゃって……。ですから、お受け取りください」

大河は目をみはって膝許（ひざもと）の財布を凝視した。

父甚三郎の仕送りである。それは世話になっている大河の費えに使ってくれという意味合いだったのだろうが、佐蔵は預かったままにしていたのだ。

「わたしの父が……」

大河は財布とお冬に視線を往復させた。

「さようです。父上はいらぬことだと申していました。だから、大河さんに納めていただかなければなりません」

お冬はどうぞと、財布を押しやった。

大河は逡巡（しゅんじゅん）したが、拒んでもお冬が受け取らないのはわかっている。

「申しわけありません」

大河は財布をつかんで引き寄せた。

「わたしは喪が明けたら中浜家に嫁ぎますので、これから先は滅多にお目にかかれないと思います。どうか、お体ご自愛の上修練に励んでください」

お冬はそのまま立ち上がろうとしたが、大河が呼び止めた。

「いろいろとご面倒をおかけしました。どうかお幸せになってください」

お冬は口許をゆるめて小さくうなずいた。

三

川越藩領寺尾村——

野や山も畑も、そして村に点在する民家も、白い雪で覆われていた。

二日前から降りつづいていた雪はやっとその日の夕刻前にやみ、雲の間を抜けてきた日射しが村に満ちた。

山本甚三郎宅に一通の手紙が届けられたのは、ちょうどあかるい日の光が障子を染めたときだった。

甚三郎は手紙を受け取るなり「うん」とうなり、眉宇をひそめた。

「誰からですの？」

女房のお久が台所から出てきて聞いた。

「大河だ」

甚三郎はそのまま座敷に戻って封を切ったが、大河の名を聞いたとたん、座敷で繕い物をしていたお清も針を運ぶ手を止めて、甚三郎のそばに来た。お久も火鉢のそばに座り、手紙を読む甚三郎を眺める。

「なんて書いてあるんです？」

お久が聞く。

「ひょっとして兄さんが帰ってくるのでは……」

お清も身を乗り出して言う。

だが、甚三郎は顔をしかめたまま手紙を読みつづけた。

「教えてください。なんて書いてあるんです？」

お久が袖を嚙むような仕草をしてせがむ。

「少し黙っておれ」

甚三郎が強い口調で言うと、お久とお清は顔を見合わせた。

やがて甚三郎は読み終わった手紙をくしゃくしゃにまるめた。

「たわけが……とんだ、うつけ者だ」

甚三郎は顔に苦渋の色を浮かべて吐き捨てた。

「なんと書いてあったんです？」

お久が膝を進めて聞く。

「秋本佐蔵様が亡くなられたそうだ」

「ヘッ、いつのことです?」

　お久は驚いたように目をしばたたいた。

「二月ほど前だ。それで大河は秋本様のお屋敷を出ている。いられなくなったのだろう」

「それで……」

　お清も膝を詰めてくる。

　そのお清を甚三郎は静かに見た。

「あの馬鹿は帰っては来ぬ。江戸に居つづけると言ってきた。玄武館という道場で修業をつづけるらしい。その道場で師範代の手伝いをするようになったそうだ」

「師範代の手伝い……」

　お清は目を大きく見開いてつぶやいた。

「とんだ馬鹿息子だった。大たわけ者だ!」

　突然の怒声に、お久とお清はびくっと肩を動かした。

「お清」

　甚三郎はさっとお清に顔を向けた。

「大河は、養子をもらえと言ってきた。それが山本家のためだと」

お久もお清も倣うように肩を落として嘆息した。

火鉢のなかの炭がぱちっと爆ぜ、鉄瓶から出る湯気が隙間風に流された。

「わしが秋本様に仕送りをしていた金があるな」

お久とお清は同時に甚三郎を見た。

「秋本様はあの金に手をつけていらっしゃらなかった。そっくり取っておられた。その金を、大河は受け取ったそうだ。ありがたく頂戴すると書いてあった」

「なんて恥知らずなことを……」

お久は消沈したようにうつむいた。

「それで、兄さんはどこに住んでいるんです？」

お清がはっとしたように顔を上げて聞いた。

「わからん。江戸にいるのだろうが、江戸のどこに住んでいるのか書いてない」

「でも、道場にはいるのですね。その道場のことがわかれば……」

「お清、もういい」

甚三郎は遮ってつづけた。

「わしはあいつのことは忘れる。好きにさせるしかない。どこで野垂れ死にしようが知ったことじゃない」

「あなたが、あなたが……」

お久が涙目を向けてきた。

「あなたが、大河を江戸にやったからこうなったんです。すぐに音を上げて帰ってくるだろうと考えたのが間違いだったんです。大河の思うつぼだったんですよ。勝光寺にお願いして、もう少し寺に置いておけばよかったんです。大河はこの家の跡取りですよ。あなたが甘やかしたから、こうなったんじゃありませんか。まだ間に合います。明日にでも江戸に行って、大河と話し合ってください。あれからもう何年たつと思うんです」

「無駄だ」

「無駄かどうか話し合わなきゃわからないでしょう」

「あいつは話のわかる男ではない」

「決めつけることはないでしょう。わかりました。それならわたしが、わたしが江戸へ行って話をして連れて帰ってきます」

お久はすっくと立ち上がった。

「狼狽えるな！　いくら話をしても無駄だ。あいつの意思は固い。わしにはわかるんだ」

「わたしだってわかります！　わたしのお腹を痛めた子なんです！」

お久は立ち上がったまま甚三郎をにらむように見た。

「落ち着け。いいから座れ」

甚三郎が諭すように言うと、お久はゆっくり座り直した。

「あいつは自分の人生は自分で見つける。自分の道を進むと書いてきた。そして、その道を見つけたと。その道とは剣の道らしい」

はあと、お久は大きなため息を漏らした。

「親不孝を許してくれとも書いていた。あやつは日本一の馬鹿息子だった」

甚三郎はそういうなり、まるめた手紙を火鉢のなかに放った。

お清が「あッ」と、声を漏らしたとき、手紙は炎を上げて燃えはじめた。

四

その日の稽古帰りに、大河が一通の書状をわたされたのは、実家に手紙を出して十日とたたないある日のことだった。道場気付で大河宛ての手紙だった。

「おぬしの父上からのものだろう」

わたしてくれたのは重太郎だった。大河はいぶかしく思いながら、礼を言って受け取り、そのまま長屋に持ち帰ってから封を切った。

まさしく父甚三郎からの手紙だった。

――上略
先般、貴殿より受け取り候書簡、よくよく吟味致し候。実に残念至極、不謹慎の限り筆に尽くし難き候。山本家の主として、愚昧な長子を……

大河は読み出した端から、その手紙に父甚三郎の怒りがにじんでいるのを感じ取った。我知らず手紙を持つ手に力が入ると同時に、顔を真っ赤にして眉間にしわを彫り、いまにも拳を振りあげそうな父の顔が脳裏に浮かんだ。

手紙にはその父甚三郎の堪えきれぬ憤怒がしたためてあった。以下、わかりやすく記すればこのようなことだった。

親の心子知らずとはまさにおまえのことである。言いたいこと話したいことは山ほどあるが、面と向かい合うことがかなわぬゆえこうやって筆を執っている次第である。

だが、しかし、長くは書かぬ。

秋本佐蔵様が身罷られたとのこと。いっときのこととはいえ愚息を預かり育ててくださったお礼ができぬことと残念の極み。衷心よりご冥福をお祈り致す次第である。

さりながらおまえの厚顔無知な振る舞い許しがたきこと山の如し。このままではいつ何時、山本家に災禍が降りかかるか知れたものではない。秋本様にその都度お送りし金子を着服した非道は、罰当たりで不心得な痴れ者の行い。向後は当家の家産蕩尽も危ぶまれるゆえに、この書面を以て、勘当を申し渡し、当家と縁切りと致す。

元服の折に贈った差料は数物ではあるが、せめてもの親心と思いせいぜい大切に扱うがよい。

最後には「愚息へ　愚昧なる山本家当主　甚三郎」と書かれていた。

手紙を読み終えた大河は大きなため息をつき、しばらく宙の一点を凝視していた。

予想だにしない父からの怒りの鉄槌であった。

(勘当……)

その二文字が頭のなかをぐるぐると駆けめぐった。

つまり、おれは天涯孤独の身になったというのか。

先に親子の縁を切るような手紙を書いて送ったが、逆に斯様な手紙が送られてきて勘当を申し渡された。

何やら逆手を取られ、奈落の底へ突き落とされたような衝撃を受けた。おのれが親不孝者だという自覚はあったが、勘当されるなど思いもしないことだった。

しかし、表面は鷹揚でも狭小で頑固な父親のことである。徒にこの手紙が送られてきたのではないのは明らか、確たる考えと熟慮の末の一通なのだ。

大河は手紙をにぎり締めた。クシャという音が、妙に胸底にひびいた。

(おれは一人になったのか……)

すぐには現実として受け止められなかったが、奥歯を嚙みしめて、

「わかった。ならばおれは一人で生きる」

と、声に出してつぶやき、獣のように目をぎらつかせた。

親はおれのことをわかっていないのだ。ならば、いつの日かきっとわからせてや

る。気持ちを強く奮い立たせると、手にまるめた手紙を壁に向かって思い切り投げつけた。

五

嘉永六年(一八五三)――

昨年の秋に恩師秋山佐蔵を失い、親から勘当を受けた大河は、鍛冶橋道場に近い西紺屋町(にしこうやちょう)の長屋に居を構えていた。

佐蔵の死と勘当を受け、少なからず気を滅入(めい)らせていた大河だったが、どうにか気持ちを立て直していた。

そんな大河は道場において、当主定吉と師範代の重太郎を補佐するようになっていた。弱冠十九歳であるが、門弟らはすでに大河の技量を認めているので、誰もが大河の指導を素直に受けるようになっていた。

それに体が一まわり大きくなってもいた。体は父甚三郎に似たらしく五尺八寸(約一七六センチ)になり、目方も十九貫(約七一・二五キロ)という堂々たる体軀(たいく)だ。

道場では年明け早々から、底冷えのする寒さにもかまわず稽古がつづけられていた。

大河は見所脇で門弟たちの稽古ぶりを眺めていた。素振りをやっている者、型稽古に励む者、そして元立ち相手に掛かり稽古をしている者それぞれである。

「待て待てェ！」

大河は掛かり稽古をやっている門弟に声をかけた。

掛かり稽古は元立ちが受け手となり、打ちかかってくる者に技を繰り出させる。

大河が稽古を止めたのは、元立ちへ注意をするためだった。

「なぜ、いなさぬ。打ち込みが甘いと思ったら、払ってもいいのだ。それでは稽古にならぬ」

二人の門弟はあきらかに大河より年上だが、真剣な顔で忠告を聞く。二人とも息が上がり、汗を噴き出していた。

「それから打ち込みも同じ技ばかりでは上達せぬ。払われてもいなされても、あきらめず技を出しつづけるのだ。はい、はじめッ！」

大河のかけ声を受けた二人は、再び稽古をはじめた。

掛かり稽古はかなり体力を消耗する。しかし、体がきつくなったとき、無駄な力が自然に抜ける。その感覚を身につけなければ、なかなか上達しない。

大河は床に這いつくばるまでその稽古を強いるので、

「山本さんの稽古にはついていけぬ」

と言って、つぎの日から道場にあらわれない者もいた。だからといって当主の定吉も、師範代の重太郎も気にはしない。

「稽古についてこられぬ者は、そこで終わりだ」

と、歯牙にもかけない。それは大河とて同じだった。

そして、門弟らの稽古が終わると、大河は自己鍛錬をはじめる。

しかし、問題があった。道場にいるときはなにもかも忘れて無心になれるが、いざ自分の長屋に戻ると侘しさが募る。それだけならまだマシだが、手持ちの金が底を突きそうなのだ。

秋本佐蔵の家を出たとき、父親がひそかに佐蔵に仕送りをしていた金を受け取っていたが、店賃や日々の飯代はもちろん、剣術道具などに思いの外の出費があった。

また、裏店とはいえ夜具から行灯、調度の品などにも金がかかったし、着物を新たに誂えてもいた。付き合いも多くなり、その分金は出ていく。

師範代並の扱いにはなったが、給金をもらえるわけではない。

（このままでは暮らしていけぬ）

まさに死活問題が目の前に迫っていた。収入を得るためとはいえ、商家やお武家へ奉公に出るわけにはいかない。昼間は道場に通って腕を磨きたい。ならばどうしたらよいかと考えつづけていた。

そうこうするうちに十日たち、半月がたち、梅の香りが匂い立つ二月になった。もう金はなかった。

大河は一念発起して日傭取りに出ることにした。その日によって仕事は違うが、力仕事に変わりはない。それに日当は二百文。大工の日当が六百文だからかなりの低給である。店賃が四百文。二日仕事をすれば払える勘定だが、その他にも費えがあるので、少なくとも半月ははたらかなくてはならない。それでも生活は苦しい。よって道場通いは二日置き、あるいは三日置きになった。

そのことに当主の定吉も師範代の重太郎もなにも言いはしなかった。言うのは、足繁く通ってくる門弟らである。

「この頃山本さんは稽古を休む日が多いようですが、ご多用なのでしょうか？」

大河は似たようなことを聞かれるたびに、いろいろと私用が重なっておるのですと、はぐらかさなければならなかった。

日傭取りにはいろいろあった。舟着場で荷下ろしをする人夫、川浚い、火事場の後片付け等々。はたらきに出るときには、差配をする日傭頭の家を訪ねて仕事にありつくという体たらくであったが、大河は若くて体も丈夫なのですぐに仕事を振り分けてもらえた。

そんなある日、杵を担いで市中をまわって、注文を受ければ米を搗くという「米搗屋」の手伝いをしたことがあった。

「あんた、二日来ては休むというんじゃ間尺に合わねえだろう。いったい他の日はなにをしていなさるんだね」

日だまりになっている道端に腰を下ろし、煙管をつけた猪助という米搗屋が顔を向けてくる。

大河はどう答えようか迷ったが、正直に打ち明けた。

「じつは剣術の修業をしているのです。だからその稽古をしなければならないのです」

「ふーん、なんかわけありだとは思っていたが、そういうことだったのかい」

猪助は目の前を行き交う人をしばらく眺めてから、

「だったら内職をやりゃいいだろう。昼間できなきゃ夜できるやつを」

と、ぷかっと煙管を吹かす。

そうか、その手があったかと大河は気づいた。

「内職はどうやって見つければいいのです？」

「そりゃ口入屋に頼んでもいいだろうが、おれが知っている傘屋がある。これから行って聞いてみるかい」

お願いしますと言ったのはすぐだ。

猪助は芝口二丁目にある「古骨買い」の店に連れていくと、半兵衛という主とやり取りをして話をまとめてくれた。

早速、糊や刷毛といったものを後払いということで半兵衛から買い、油紙のない骨だけの傘を長屋に持ち帰り、半兵衛に教えてもらった要領で張りの練習をした。最初はうまくできず、何度も張り損ねたが、そのうち要領がわかるようになった。

唐傘は一本三百文から五百文と高直なので、古くなって紙が破れたり、骨が折れたりした傘を古骨買いが安く買い上げ、新しい油紙を張り、張替傘として百五十文から二百文で売って利益を上げる。

大河は傘一本仕上げると五文をもらえることになっていた。一日二十本張り替えても百文にしかならないが、日傭取りと違い雨の日も休まなくてよいし、夜なら毎日できる。

約一月を力仕事の日傭取りに費やしたが、翌る日から道場での稽古を休まずつづけられることになった。

しかし、熱中すれば何事にものめり込むという生来の気質か、昼間の稽古が終わり、家に帰って傘張りの内職に没頭すると、時間も忘れてもう一本もう一本と仕上げていく。わずか数日で要領を覚えたので、一本を仕上げる手間も短くなり、骨の付け替えもできるようになった。

最初は失敗もあり、日に五、六本がせいぜいだったが、だんだんに慣れて日に二十本から三十本を仕上げるようになった。一本でも多ければ、それなりの実入りとなるから、気がつけばもう夜が明けそうになっているときもある。

さほどの重労働ではないが、連日連夜となれば気づかないうちに疲労がたまる。睡眠も削っているので、疲れが抜けない。

道場へ行っても以前のような覇気がなくなった。

大河の稽古相手は重太郎のときもあれば、定吉のときもある。

それに、一刻も二刻も休まずやる。その多くは試合形式の地稽古で、一切手をゆるめない。重太郎は大河より十一歳上で、体力気力も充実しており、若い大河の相手を好んでいるようだった。

　その日も重太郎は大河を相手に稽古をつづけた。

「はい、もう一本」

　重太郎が誘いかけてくる。

　大河は中段から下段に竹刀を下ろし、間合いを詰めていく。いきなり面を狙っての打突を打ち込まれるが、大河はさっと体をひねってかわし、即座に胴を抜くという返し技を繰り出す。

「まだまだッ」

　重太郎は一本取られると、心底悔しがって闘志を剝き出しにする。対する大河も同じで、一本取られると大音声を上げて立ち向かっていく。

　面、小手、胴、突き、小手面、小手胴……ありったけの技を繰り出しながら攻撃の手をゆるめない。

　隙をついての足払い、鍔迫りあう恰好になると容赦なく突き飛ばす。吐く息が白くなり、汗が飛び散り、体からは湯気が立ち昇る。

「やめッ」

　突然、重太郎が稽古を止めた。

「大河、いかがした？　いつもと違うぞ」

「は、そうでしょうか」

大河は激しく肩を動かしながら重太郎を見るが、呼吸の乱れはすぐには整わない。

「今日はここまでにしておこう。もしや具合が悪いのではないか？」

「いえ、少し疲れがたまっているのでしょう」

「ならよいが……」

重太郎はそのまま下がった。

道場の隅に座って噴き出す汗を拭く大河は、このままではいかぬと、歯を食いしばるが、現状を変えるのはなまなかのことではない。

六

山南敬助が元飯田町、九段下の俎橋近くの長屋に移り住んだのは昨年の暮れだった。

それまでは飯田町に住む六百石取りの旗本、大久保九郎兵衛の屋敷で奉公をしていた。奉公といっても、剣術の腕を見込まれて雇い入れられたという経緯があった。

主の九郎兵衛は小十人組の頭で、配下には武勇の番士を選んでいた。小十人組は五番方のひとつで、いざ戦となれば歩兵として先陣を切らなければならないからだ。戦などない世の中ではあるが、配下の家来を日頃から鍛えておく必要があった。よって、暇があると屋敷に家来を呼び集め、山南敬助に剣術の指南をさせていた。

しかし、その仕事も昨年の暮れにお役御免となり、敬助はいきおい暇になっていた。暇を出された折に慰労金をもらったので多少の余裕はあるが、

（さて、これからどうしようか）

と、敬助は手焙りに手をかざして壁の一点を凝視しながら、おれの運も尽きたかと頭の隅で考えた。

元は仙台藩伊達家の足軽だった。だが、蝦夷という最果ての地に派遣されると決まったときに脱藩を決意した。伊達家は以前より蝦夷地の警衛を幕府より命じられており、敬助の知り合いが何人も派遣されていた。

その蝦夷から戻ってきた者たちは、蝦夷がいかにひどい地であるか口を揃えてぼやいた。冬は極寒で、食べ物も少ない。お役目は警衛であるが、やることはいかに飢えをしのぐかということだ。食い物が不足し、病に倒れそのまま還らぬ者もいる。

そんな話を聞いていたので伊達家への未練を断ち切り、江戸に逃げてきたのだっ

た。もとより剣術の筋がよかったので、小野派一刀流の免許を取り、いずれは剣術で身を立てようと考えた。そのために、腕にさらなる磨きをかけようと、同じ流派の流れを汲む玄武館に入門し、大目録皆伝をもらった。

（ここまではよかったのだ）

と、敬助は考える。

大事なのはこの先である。頭に浮かぶのは、師である千葉周作がかつて下野・上野・甲斐・武蔵・駿河・遠江・三河・信濃などを廻国して修業したということだ。

（おれも武者修行の旅に出ねばなるまい）

当然のことのようにそう思った。

武者修行で名をなせば、向後の人生が開けるはずだ。

だから、その日、敬助は周作に代わって稽古をつけてくれる、周作の長男奇蘇太郎に相談をした。

奇蘇太郎は寡黙で温厚なので話しやすいということもあった。しかし剣術は神業並で、峻烈な打ち込みで相手の首近くに竹刀をあてがうほどだ。この技は皆伝を受けた敬助はおろか、他の高弟も防ぐことができなかった。

「武者修行を……」

相談を受けた奇蘇太郎は、しばらく黙してから口を開いた。

「大先生も廻国修業をなさっておられます。わたしも大先生を見習い旅に出たいと思うのです」

「そなたがそう考えるのならかまわぬだろうが、旅に出る前に一度立ち合う気はないか？」

奇蘇太郎は静かな眼差しを向けてくる。敬助はドキリとした。奇蘇太郎と勝負をするのかと思ったのだ。目をみはって驚き顔をすると、奇蘇太郎は言葉をついだ。

「わたしではない。鍛冶橋に面白い男がいる。弟の道三郎からよく話を聞くのだが、山本大河という男だ」

「山本大河……雑巾（ぞうきん）掛けと呼ばれていた男ですね。一度立ち合ったことがあります」

敬助は大河のことを覚えていた。三年前、中目録をもらってすぐの試合で対戦した男だ。あのとき勝ちはしたが、その後めきめき腕を上げているという話は耳にしていた。

「重太郎さんから、山本の相手になるような者を、一度鍛冶橋に寄越してくれないかといわれたばかりである。どうだね」

「よろしゅうございます。わたしも腕を上げたという山本を試したいと思います」

パチッと手焙りのなかの炭が爆ぜ、敬助は現実に戻った。

「山本大河か……」

つぶやきを漏らした敬助は、ぶるっと肩をふるわせ手焙りに炭を足した。

翌日、お玉ヶ池の道場に行くと、見所のそばに立っていた奇蘇太郎に挨拶をして、

「昨日話に出ました山本との立ち合いですが、いつになりますでしょうか？」

と、訊ねた。

「相手の都合もあるだろうが、近いうちに重太郎さんに話をしておこう」

「楽しみにしていますので」

「うむ」

敬助は道場下座に控えて、稽古の支度にかかった。先に来ていた清河八郎が若い門弟を相手に撃ち込み稽古に汗を流していた。

敬助が支度を終え体をほぐすために素振りをはじめたとき、清河がそばにやってきた。

「山南殿、これで会えぬかもしれぬ」

唐突なことを言われた敬助は素振りをやめて、板壁を背にして座った清河を見た。

「どういうことです？」

「かねて昌平黌(しょうへいこう)で学ぼうと思っていたが、かなわぬことになった。父との約束もあるので国に帰らなければならぬのだ」

「いつです？」

敬助は汗を拭(ぬぐ)っている清河のそばに腰を下ろした。三つほど年上の清河は、人を惹(ひ)きつけるものを持っていた。敬助にはない魅力だ。それに敬助は色白で童顔のせいか、嘗(な)めてかかられることがある。

しかし、清河はそんな男ではなかった。堂々とした体格同様に淡泊で磊落(らいらく)である。眼光は鋭いが、分け隔てない接し方をする。

「ここ二、三日のうちだ。いろいろ支度があるので、もう道場には来られぬだろう」

「お父上とのお約束とおっしゃいましたが……」

「国を出るとき遊学は四年と決められ、その約束を諾(うべの)うたのだ。そのときが来たのだ」

「さようでございましたか、それは残念」

敬助は膝許(ひざもと)に視線を落とした。清河は学問好きで自分の知らないことを教えてくれた。また西国を漫遊しており、その話をもっと聞きたいとも思っていた。

「またいつの日にか、お目にかかりたいものです」

「そうだな。また会える機会にも恵まれよう」

「そう願っております。じつはわたしも近いうちに旅に出るのです」

「ほう」

「武者修行です。その前に山本大河と勝負をしなければなりません」

「山本……あの男、ずいぶん練度が上がっていると聞いている。一度立ち合ったことがあるが、もう一度やってみたいと思わせる男だった。さようか、山本とそなたが……。とにかくしっかりやってくれ」

敬助は強くうなずいた。

七

玄武館鍛冶橋道場の当主千葉定吉には、長男の重太郎と、佐那という娘がいる。

大河は重太郎と気安く口を利けるようになったが、佐那の前では勝手が違った。

佐蔵の娘お冬とも違う凛とした美しさ、華やかさがあるのだ。いまだ女を知らない大河は、まともに口を利くことができない。

姿を見るたびにドキリとするし、声をかけられると顔が上気するほどだった。その佐那から意外なことを言われたのは、桃の花が散り、桜の花が咲きはじめた頃だった。

「大河殿、内職をしていらっしゃるのですね」

突然のことだったので、大河は驚いたように佐那を見た。いきなり自分の恥部を見られたような気がして顔を真っ赤にした。

「あなたが天秤棒に傘を提げ持って歩いているのを見た人がいるのです。一人ではありません。〝傘張り〟と、陰口をたたいている人もいます」

「なにせ暮らしを立てなければなりませぬゆえ」

大河は唇を嚙んだ。

いつ自分の内職が知れたのだろうかと考えたが、すぐに開き直った。

「なにをしようが陰口をたたくやつは許せません。いったい誰がそんなことを？」

大河は佐那をまっすぐ見た。まともに顔を見たのは初めてのことだ。

「誰とは申しませんが、大変なのですね。兄上もこの頃大河殿の気合いが足りないと申していましたが、さようなことだったとは……」

佐那は小さなため息を漏らしてから、大河に顔を向け直した。

「内職はともかく。先だって奇蘇太郎さんから兄上に相談があったのです。まだ聞いておりませんか？」

「はい、いったいなんでしょう」

「兄上はなにかと忙しいので、話し忘れているのかもしれません。あなた、道場に来て初めての試合で、山南敬助さんと立ち合いましたね」

大河はすぐに思いだした。あのときは負けたが、いつかは勝たなければならない相手だった。

「山南さんは武者修行に出るらしいのですが、その前にあなたと勝負をしてもらいたいのです。その気はありますか？」

「むろんあります」

「あなたの技量をちゃんと見たいと言う兄同様、わたしも見とうございます」

「そ、それは望むところですが……」

「だったらわたしが段取りをつけて差し上げましょう」

佐那はふっと微笑む。その表情がまた美しい。真っ白い百合(ゆり)の花のようなのだ。

「まことでございますか」

大河が心の臓を騒がせながら言うと、

「おまかせあれ」

と、佐那は悪戯っぽい笑みを浮かべた。

そんな頃、山南敬助は以前世話になっていた大久保九郎兵衛の屋敷を訪ねていた。

「それはまたますます盛んで重畳」

敬助は武者修行の旅に出るという報告を兼ねて挨拶に来たのだった。

「それでどこへまいるのだ？」

「まずは江戸の近く、おそらく武蔵あたりから、それから京へ上る順路を取ろうかと考えています」

「頼もしきことだ」

九郎兵衛は太眉を動かして頬をゆるめた。

「江戸に戻ってくるのは一年後か二年後になるかわかりません故、お世話いただいたお殿様にだけはご挨拶をしておかねばと思い罷り越した次第です」

「戻ってきた暁にはまた訪ねてきてくれりょ。旅修業の話を聞きたいのでな」

「その折には喜んで馳せ参じまする。じつは旅に出る前に、ひとつ試合をしなければなりません」

「ほう、して相手は？」

「同じ道場の門弟です。ここ数年で力をつけ、師範代らもその技量を認めています。年はわたしより二つほど下ですが、油断できぬ相手です」

「すると勝ちを得て、気分よく出立するというわけであるか……」

九郎兵衛は日があたり、ふわっと明るくなった純白の障子に視線を送って、すぐに顔を戻した。

「山南、その試合に勝ったらもう一度ここへまいれ。廻国修業の餞別をわたしたいと思うのだ」

「それはまた恐縮にございまする」

「ただし、その試合に勝ってもらわなければならぬぞ」

九郎兵衛は目を細め、ひたと敬助を見た。

「承知致しました」

大久保家を出た敬助は、挨拶に来たのは無駄ではなかったと頬をゆるめていた。山本大河をねじ伏せれば、餞別がもらえるのだ。旅をするには金がいる。いかほどの餞別かわからぬが、願ったりかなったりである。

（こうなったら、なにがなんでも負けられぬ試合になったな）

敬助は気を引き締めて稽古に励もうと、内心に言い聞かせた。

八

道場から戻った大河は、居間に山のようにある傘の束を見て、ふっと息を吐いた。

居間の縁に腰を下ろし、手を伸ばして柄杓で水をすくって飲んだ。

（山南敬助さんか……）

大河は山南の顔を脳裏に浮かべた。初試合で負かされた相手だから忘れられない男だ。その後、お玉ヶ池の道場で何度か稽古ぶりを見ている。そのたびに、いつか必ず負けを返すと、ひそかに誓っていた。

「よしッ」

大河は低く強い気合いを発すると、居間にどっかりと座り、捻り鉢巻きをして内職にかかった。夕餉時なので長屋はどことなく騒がしい。下駄音や赤子の泣き声、仕事から帰ってきた亭主のだみ声、井戸端のほうからは女房らの笑い声。

大河は一心に内職仕事に励む。戸を開け放していると、ときどきのぞき込んでにたりと笑って通り過ぎる職人がいる。子供が戸口に立ち、怪訝そうに首をひねることもある。

大河は気にすることなく傘の骨に糊を塗り、油紙を貼っていく。唐傘もあれば、安物の番傘もあるが、一本につき五文というのは同じだ。

一仕事終えると、冷や飯に冷めた味噌汁をぶっかけて、腹に流し込む。実家にいるときや佐蔵の家で世話になっているときには、食事に困ることはなかったが、独り暮らしをするようになって工夫をしなければならない。

なにより金がかかるので、とにかく安い惣菜や魚を買い求めての倹約である。湯屋には十日に一度。他の日は井戸端で汗を流す。着物を洗いたいが、なかなかその余裕がない。稽古着は汗臭く、そして擦り切れてもいるが、もうそのままの着た切り雀だ。

誂えた着物もいつしかほころびが目立つようになっていた。洗い張りをしたいが、それより内職で稼ぐほうが先である。

なにしろ物入りだ。食べ物はもちろん、煮炊きに必要な薪、行灯の油、味噌や醤油も買わなければならない。稼いでも金はあっという間になくなる。大家は月晦日に決まったように家賃を取りに来る。

かてて加えて道場への費えもある。道場はただで教えてくれるわけではない。入門時にはそれなりの束脩を届け、月々、あるいは年にまとめて指南料を払う。ただし一律決まっているわけではなく、その門弟の身分や収入に応じて払う。

大河はすでに前払いをしているので問題はないが、この先のことが思いやられる。

独り暮らしの大変さが身にしみてわかる今日この頃だ。

翌朝、目が覚めたときは、長屋の朝の喧噪が終わったあとだった。腰高障子を開けたとたん、まぶしい日の光に目が眩みそうになった。

（これはしたり）

寝坊したのだ。昨夜、もうこの辺でやめようと思いつつも、もう一本、あと一本と粘ったせいである。

顔を洗い月代も剃らず、そのまま股引を穿いた。臭い。替えがないのでそのまま穿いて、着古した袷を羽織る。これも汗と垢が染みついていて異臭がするが、かまうことはないと、そのまま仕上げた傘を天秤棒に目いっぱい提げて長屋を出た。

通りに出るとどこの商家も店を開き、商いに精を出していた。呼び込みをする小僧たちもいる。よく晴れた日だったが、風が冷たかった。

大河は手拭いで頬っ被りして古骨買いの半兵衛の店へ急ぐ。歩きながら、なんだか情けなくなってきた。どうしてこんな苦労をしなければならぬのだと、忸怩たる思いが募る。だが弱音は吐けない。石にかじりついてでも一人前の剣術家にならなければならぬのだ。

（くそ、負けてたまるか）

大河は歯を食いしばって前を向く。そのとき、佐那に言われた言葉を思い出した。

傘張りと、陰口をたたいている人がいると言った。

そやつらは、こういう姿を見たのかもしれないと思った。武士と擦れ違うと、その視線が気になった。なんだか自分を蔑んで見ているような気がする。

（いまに見ておれ）

大河は心中で毒づき、自分を鼓舞する。

「あんた、仕事が早くていいね」

半兵衛は機嫌がよかった。

「寝る間を惜しんでやっているんです」

「見上げたもんだねえ」

半兵衛は感心げな顔をして言葉をついだ。

「どうだい。ついでに買いに出ないかい。そうすりゃもっと金になるが……」

大河はにたついた笑みを浮かべる半兵衛を見て、古傘買いをする自分を想像した。

ふるぼねはございい、ふるぼねはございと、声をかけながら市中を歩く姿だ。

「いや、傘張りだけで結構。昼間はやることがありますゆえ故に」

「そりゃあ残念だ。だけど、仕方ないね。それじゃこっちのを持って行ってくれ」

大河は新たな古傘を受け取るついでに、糊も仕入れた。

自宅長屋に急いで帰るが、飯を作っている暇などない。着替えをすると、大小を差し、袋に入れた竹刀を持って長屋を出た。

（ええい、今日は朝飯抜きだ）

腹は減っているが、我慢である。一食省くことで節約になる。

その日の稽古は、寝坊して存分に寝たせいか体が軽かった。しかし、打ち込み稽古を長くやっていると次第に空腹が増してきた。その分疲れやすくもなる。

「この辺にしておこう」

大河は稽古をつけていた門弟に声をかけた。相手はまだ初目録を受ける前の若者だった。

武士ではなく町人の子だ。

昼が近づくと、早く来た門弟はさっさと帰るか、持参の弁当を広げる。大河はそんな様子を見て、近くの飯屋に入った。一番安い菜飯と納豆を頼む。飯は一碗ではは足らないのでもう一碗所望する。玉子もほしいが、ぐっと堪える。

思い切り飯が食いたいと思う矢先に「倹約」という二文字が頭に浮かぶ。武士は食わねど高楊枝という、痩せ我慢の文句さえ思い出す。

それから数日後の稽古を終えたときだった。ふいに道場にあらわれた佐那に声をかけられた。

「大河殿、先日の件、話を決めてまいりましたわ」

「は……」

「山南さんとの立ち合いです。明日、山南さんがこの道場に見えます。他流試合なら父の許しを得なければなりませんが、山南さんは同じ玄武館の門弟。兄も認めていますし、誰も文句は言いません」

佐那は嬉しそうに微笑んだ。大河は心を奮い立たせた。

第六章　大法螺吹き

一

翌日、佐那が言ったとおり、山南敬助が道場に姿をあらわした。ただし、一人ではなかった。千葉周作の長男奇蘇太郎と、三男の道三郎もやってきた。

「大河、面白いことになったたな」

道三郎はすでに支度を終えていた大河のそばにやってきて、にやりと笑った。同い年のせいか、大河は道三郎とは気が合い、ときどき茶屋で世間話をしていた。それに大河の知らない、江戸の剣術家のことをいろいろ教えてくれた。そのおかげで、大河はひそかに自分が倒すべき相手を胸中にしまっていた。

これから対戦する山南敬助もそうだが、玄武館の門弟をのぞけば、士学館の桃井春蔵、男谷精一郎門下の島田虎之助、新形刀流の伊庭軍兵衛、練兵館の桂小五郎、そして大河が寺尾村で初めて会った剣客、高柳又四郎とも一戦交えたいと考えていた。

高柳又四郎のことは恩師の佐蔵も千葉定吉も知っていたので、ずっと気になっていたのだが、道三郎に、

「高柳さんに会ったことはないが話は聞いている。中西道場の三羽烏の一人で、いくら打ち込まれても自分の竹刀に触れさせることなく勝つという技をお持ちのようだ。門人たちはその技を〝音無しの剣〟と呼んでいるらしい」

そう教えられたとき、大河の心が騒いだ。

高柳又四郎は二回り以上も年上の剣術家だが、名のある人である。もう一度会って、今度は真剣な勝負をしたい。その思いは強く、

——名のある剣術家はみんなおれが倒す！

と、口にこそ出さないが、いずれはそうするという信念があった。

「負けるな」

そばに来ていた道三郎が耳打ちをして大河のそばを離れた。

道場に門弟はいなかった。武者窓から傾いた日の光が射し込んでいて、床板に縞

目を作っていた。

　山南敬助の支度が調うまで、大河は静かに待った。

　検分役は奇蘇太郎である。佐那は見所に座って、楽しそうな笑みを浮かべていた。その隣に道三郎が腰を下ろして、短く耳打ちをした。当主定吉に変わって代稽古をつける重太郎の姿は、なにか所用があるらしく朝から見ていなかった。

　佐那がすっと大河に視線を向けてきて、きりっと表情を厳しくした。

「支度はよいですか？」

　佐那が大河と山南敬助に聞いた。大河がいつでもと答えると、敬助は顎を引いてうなずいた。

「これは稽古ではありません。内々の試合だと思ってください。勝負は三番。よいですね」

　大河と敬助がうなずくと、

「では早速……」

　と、試合開始の合図をした。

　大河と敬助は作法どおりに道場下座で礼をかわし、それから中央へ進み蹲踞の姿勢から立ち上がった。

敬助の色白の顔が紅潮している。背は大河のほうが高いので少し見下ろす恰好だ。敬助が面のなかでにやりと笑った。大河は目を光らせる。

「きぃえーい！」

敬助が怪鳥のような気合いを発した。

「おぅ、おー！」

大河も気合いを返す。そのまま摺り足を使って間合いを詰める。

敬助は動かずにじっとしている。その姿は小柄ながら巌のごとしである。

最初の試合では、異様な空気を醸し出す敬助に少なからず気圧されたが、いまの大河は毫も臆していない。

間合い二間、大河が仕掛けた。小手を狙っての打ち込みから、突きを送り込むという連続技である。小手は見事に外されたが、突きは決まった。

「おりゃあー！」

大河の気合いもろとも、敬助の体が後ろに傾き、面が外れてしまった。

「一本！」

奇蘇太郎が声を発した。大河の勝ちである。尻餅をついている敬助に、佐那が面を付け直すように命じた。

大河は最初の立ち位置に戻り、呼吸を整えた。佐那の横にいる道三郎が嬉しそうな笑みを口許に浮かべていた。

「お願いいたしまする」

敬助が奇蘇太郎に声をかけて、再度の試合がはじまった。

最初の一番をモノにした大河は気分をよくしていた。

（おれはやれる）

という自信が確信に変わっていた。

今度は敬助が先に詰めてきた。大河は誘い込むように左にまわる。互いに中段の構え。大河は敬助に悟られぬように、静かに呼吸をする。

どんと、敬助が床板を強く踏んだ。大河はすっと半尺下がる。とたん、敬助が打ち込んできた。右面左面、さらに右面から胴を抜きに来た。

大河はわずかに下がりながら打ち払い、そして胴を抜きに来た竹刀を打ち落とした。

ばちんと、甲高い音が道場内にひびいた。しかし、敬助は竹刀を落としてはいない。敏捷に右へまわり込むと、竹刀を低い位置から突きを送り込むように動かし、横面を打ってきた。

ばちん。

大河はすんでのところで受け、素速く竹刀を引くとそのまま面を打ちにいった。

「きぇぃーッ!」

敬助の気合いが道場にひびいたそのとき、大河は小手を打たれていた。

はっとなって下がったが、奇蘇太郎が「それまでッ!」と声をかけ、敬助の勝ちを認めた。

大河は唇を噛んで不覚を取ったと悔やんで下がる。見所を見ると、道三郎が厳しい顔をしていた。目が合うと、顎をしゃくった。負けるなという意思が伝わってきた。

大河は臍下に力を込め、敬助を威嚇するように、大音声の気合いを発した。

「おりゃ、おりゃあー!」

そのまま敬助を追い込むように向かっていく。

敬助が右に逃げる。大河は間合いを詰めて追う。

一呼吸、二呼吸で、床板を蹴って突きを送った。すり落とされた。同時に敬助が体を預けるように迫ってきた。

油断すると足払いをかけられるか、腰を払われる。大河は横に逃げるように飛んで、片手打ちで面を狙った。外される。同時に上段から打ち込まれてきた。

大河は逃げずに敬助の竹刀を、下から思い切り撥(は)ね上げた。

ばしっ！

音とともに、敬助の竹刀が手を離れて宙を舞った。面の奥にある敬助の目が驚き見開かれたが、その瞬間、大河の竹刀が面をとらえていた。

「りゃあー！」

気合いを発したとき、敬助は片膝(かたひざ)をついていた。

「そこまでッ！」

奇蘇太郎の声がかかった。大河の勝ちである。

両者は互いに礼をして、離れて座った。大河は呼吸の乱れも隠さず、大きく肩を動かして息を整えた。

「山南さん、大河殿はいかがです？」

佐那が聞いた。

「強くなっていると耳にしていましたが、それ以上でした」

敬助はそう答えて、悔しそうに唇を噛み大河を見、

「強くなったな」

と、言った。

「いえ、一番負けました」

大河はその負けが悔しかった。敬助はすかさず言葉を返した。

「わたしは二番負けた」

そう応じた敬助の顔に苦渋の色が満ちた。

二

表はすでに暗くなっていた。

道場を出た大河は、星の浮かびはじめた空を仰ぎ見た。

「大河、まっすぐ帰るのか？」

声をかけてきたのは道三郎だった。そのまま近づいてきて、

「少し付き合わぬか」

と、酒を飲む仕草をした。

「よいでしょう」

道三郎には聞きたいこともあったので、大河は快く誘いを受けた。今夜ぐらい内

職は休んでもよいと思いもした。

二人はしばらく黙って歩いた。道の両側には掛行灯に火を入れた居酒屋や料理屋のあかりが、思い出したようにある。店のあかりが通りをあわく染め、縞目を作っていた。

そこは檜物町にある小さな居酒屋だった。道三郎は重太郎兄さんに連れてこられたことがあると言って、暖簾をくぐる。

がさつな縄暖簾と違い、静かで小体な店だった。二人は小上がりで向かい合って座り、酒を注文した。大河はあまり飲めるほうではないが、付き合い程度の酒を嗜むようになっていた。

「ま、先に」

酒が届くと、道三郎が酌をしてくれた。

「おまえが勝ってよかったが、山南さんは悔しいだろうな」

大河は嬉しそうな笑みを浮かべている道三郎を見た。

「負ければ誰でも悔しい思いをします」

「武者修行に出る前の試合だから、悔しい思いは余計だろう。だが、その悔しさをものにして修業に出てもらいたい」

道三郎は敬助より年下だが、上からの物言いをする。それは技量が上だからである。

「おれは廻国修業に出られる山南さんが羨ましいです」

「ふむ」

道三郎が怪訝そうな顔を向けてくる。

「おれもいずれは武者修行の旅に出たいのです。周作先生も廻国修業をやられたと聞いています」

「武者修行もよかろうが、おれはどうでもいい。江戸にいても練達の士はいくらでもいるのだ。そうではないか。苦労を買って出ることはないだろう」

道三郎はあっさり言って酒を口に運び、言葉を足した。

「しかし、おまえは野武士のような男だから、武者修行に心が惹かれるのだろう」

「おれが野武士……」

「ああ、おまえに初めて会ったときそう思った。おれは野武士のような男が好きなのだ。それに年も同じだと知り、おまえとは馬が合いそうだと感じた」

たしかに道三郎とは気が合う。それにいち早く親しくなったのも道三郎だった。

「それはおれも同じですよ」

「さようか。ともあれ、今日はおまえが勝ってよかった」

「おれも勝ててほっとしています」

正直な気持ちだった。

「それにしてもおまえ、剣術で身を立てたいと言うが、仕官する気はないのか」

「いや、おれはごめんです」

大河は即座に答えた。

道三郎が猪口を宙に浮かしたまま見てくる。

「なぜだ。藩に取り立てられれば、れっきとした侍身分になるのだ。父上は水戸家に重宝されているが、栄次郎大兄もいずれは水戸家に仕えることになりそうだ。それも遠い先の話ではなかろう。いずれ、おれも水戸家に取り立てられるやもしれぬ」

「お玉ヶ池道場は水戸家の方も多いですからね」

「うむ、父上が信用をつけたお陰だろう。だが、定吉叔父も鳥取藩に重宝されている。大河も修練ののちには、鳥取藩池田家に召し抱えられるやもしれぬ」

「いやいや御免蒙ります。そんなことより、おれは玄武館を制したい。それがおれのいまの望みです」

「驚いたな。おまえ、そんなことを考えていたのか」

大河はふっと口辺に笑みを湛えて酒を飲んだ。

「だが、それは容易くないぞ。おまえは山南さんには勝ったが、まだ練達の門弟は他にもいる。それに、兄栄次郎はやわではない。重太郎叔父然りだ」

「そして、道三郎さんも。だけど、おれは玄武館のてっぺんに立ちたいんです」

道三郎は少し身を引いて、まじまじと大河を眺め、それから小さく笑った。

「おまえの心意気には、ほとほとあきれる。だが、そこが山本大河のよいところだ。しかし、なまなかなことではないぞ」

「やるしかないでしょう。それに他の道場の練達者もことごとく地に伏せます。いずれは日本一。それがおれの大望なんです」

「こりゃ、またまたたまげたことを……おまえという男は……ハハ、ハハハハハ」

道三郎は膝をたたいて楽しそうに笑った。

山南敬助はむんと口を引き結び、壁に這う一匹の蠅取蜘蛛を目で追った。ささっと壁を俊敏に移動したと思うや、跳ねるように飛んで三和土のほうに姿を消した。

（おれもあの蜘蛛のように動けたら……）

そこまで考えて首を振った。俎橋の長屋に帰ってくるまで、大河に負けた悔しさが尾を引いていた。

だが、もう考えるのはよそうと自分に言い聞かせ、また壁の一点に目を据えた。

廻国修業で力をつけて戻ってきたら、もう一度大河と立ち合う。

（そのときは負けはせぬ）

敬助は固めた拳で膝をたたき、悔しさを吹っ切った。

ただ、残念なのは大久保九郎兵衛様から餞別をもらえなくなったことだ。それに、負けたことをわざわざ告げに行くのは愚かである。ならば、明日にでも江戸を発とうと、いずれ新選組総長となる男は、薄暗い部屋のなかで目を光らせ、

（おれはおれのやり方で生きる。それでいいのだ）

と、胸の内でつぶやいた。

三

大河の日常にはこれといった変化はなく、寝ても覚めてもいかに自分の技を磨くか、いかに目の前の敵を倒すかということで占められていた。

そして、稽古が終われば、自宅長屋に帰っての傘張り内職である。大河はそんな

自分に焦りを感じていた。内職をしながら剣術の腕を上げるのは生半可なことではないが、こんなことをいつまでつづけなければならないのだろうかという不安がある。

しかしいまはその不安を払拭するために、稽古に打ち込み、内職に専念するしかなかった。

ときに道場で歓談するとき、まわりの門弟は剣術以外の話をすることがある。それは異国船の接近や、幕府の対応の仕方などであった。大河はそんな話にはまったく興味がなく、いつも馬耳東風の体であった。だから、「剣術馬鹿」と陰で囁かれることもあった。

されど大河は剣一筋なので、世の中がどう変わろうが、それは世の中の勝手だと考えていた。

代わりに課題があった。技である。自分なりの技を持っていないと、千葉栄次郎にも重太郎にも勝てない。むろん、他にも強い門弟がいる。その門弟も視野に入れての技の考案だった。

稽古が終わると、一人で型稽古の修練を積んだ。しかし、あれこれ工夫を凝らしてはみるが、これまでやってきたことと大きな差はない。

あるとき、佐那の稽古を眺めていた。その佐那の小太刀の扱いは絶妙である。すっと腰を落とすと同時に、その小太刀は一直線に仮想の敵の喉元に届く。小太刀を引くなり、弧を描くようにまわり込み、袈裟懸けに小太刀を振る。動きは優美で、踊っているようにさえ見える。しかし、その流麗な動作には無駄がない。

女特有のしなやかさだと思っていたが、

（あの動きをおれも……）

と、大河は真似ようとした。

それからというもの、佐那が稽古をはじめると、自分の稽古を中断して見学にまわった。腰の動き、足のさばき、手の使い方。ひとつひとつの動作に目を配り、自分のものにしようと考えた。

佐那の小太刀は流麗なだけではない。ときに門弟を相手に組太刀をするが、負けたことがない。

小太刀使いの佐那は短い竹刀、対する相手は普通の長さの竹刀である。それにもかかわらず一本たりと落とすことなく、相手に稽古をつける。

稽古の相手を申し込みたいが、どうしても佐那の面前に出ると勝手がいかず、黙って見学するしかなかった。しかし、なんとなく新しい技を編み出せそうな気がしていた。もっともそれは漠としていて、はっきり「これだ！」というものは生まれていなかった。

あっという間に桜が散り、躑躅が咲いたかと思えば、もうその花もしおれ、藤の花も終わりに近づいていた。

衣替えをする四月に入ったばかりで、大河も綿抜を着るようになっていた。足袋も脱ぎ素足である。しかし、傘張り内職でかろうじて食いつないでいる大河はいつも同じ着物である。雪駄も底がすり減るまで履き、下穿きや襦袢も数枚しかない。傘張り内職をしても、なかなか生活は追いつかないのが悩みの種だ。

この時季、町で鰹売りの姿を見かける。以前佐蔵の家で鰹のたたきを食べたことがある。そのとき、なんと美味しい魚なんだろうと思った。寺尾村でも海の魚を食べることはあったが、鰹に勝るものはなかった。

大河は鰹が好きだ。鰹売りを見かけると、買いたい、食いたいという衝動に駆られるが、手許不如意がゆえに我慢しなければならない。

しかし、道場に入り、稽古に励んで汗を流しているときには、邪念が払われ無我の境地になれる。よって、以前に増して稽古熱心になり、ひたすら竹刀を振りつづけた。

自分独特の技を編み出そうともがいているが、閃きはあっても、そこ止まりだ。

そんな頃、新しい門弟が入ってきた。定吉の道場は、お玉ヶ池の道場をしのぐ人気で、入門者があとを絶たない。

大河が面白い男が入ってきたと、目をつけたのは、土佐からやってきた坂本龍馬という男だった。

大河と年は同じで、剣の腕もそこそこなのだ。稽古中に目をつけた大河は早速声をかけた。

「坂本、おぬしなかなかやるな。どこで習ってきた？」

素振りをやっていた龍馬は、動きを止めて大河に顔を向けた。

「日根野弁治師匠の道場で揉んでもらいました」

龍馬は汗を拭きながら答え、遠くを見るように目を細めた。目が悪いのかもしれないが、その雰囲気には臆したところがない。

「免許をもらったか？」

「目録をいただきました。流派は小栗流ですが、江戸では北辰一刀流だと知り、こちらを選びました」

大河は小栗流のことも日根野弁治の名前も知らなかったが、

「暇を見て、相手をしよう」

と、言った。

どうやら在方には大河の知らない練達者がいるようだ。

大河が龍馬に稽古をつけるようになったのは、すぐのことだ。

まずは打ち込み稽古からはじめた。大河がここを打てと打突部位をあけての元立ちになり、打ちかからせるのだ。

龍馬は免許を持っているだけに、的確に打ち込んできた。

面、小手面、面面、面小手、突き面、小手胴……。

隙があったり、打ち込みが弱かったりすると、大河はすぐにすり落とし、擦り上げ、あるいは払って「つづけろ」と叱咤する。

息が上がっても大河は稽古を中断しないので、

「まだですか。まだやるんですか」

と、龍馬は音を上げるようなことを言う。

「なんだこれしきで弱音を吐くやつがあるか！」

大河の胴間声の叱咤に、龍馬は歯を食いしばってついてくる。よし、これまでと稽古を終えると、龍馬は両手両膝(りょうひざ)をついてしばらく立ち上がれないでいた。

そんなある日、大河が佐那に呼ばれた。道場ではなく当主定吉の屋敷のほうだ。

定吉はこの頃、鳥取藩江戸藩邸へ撃剣取立役として出向いていることが多く、家のなかは静まり返っていた。座敷に通された大河は、まわりを見て心の臓を高鳴らせた。

家の奥には女中や下男の気配はあるが、いたって屋内は静かである。庭はあかるい日射しで満ちており、皐月(さつき)や芍薬(しゃくやく)の花が鮮やかに咲いている。

心地よい風が座敷を吹き抜けたとき、奥の間から佐那があらわれた。

四

佐那は道場にいるときとは違い、質素ながら折り目のついた着物姿だった。若くて美形で色が白いので、その着物が一段と佐那を引き立てていた。

「いつもご苦労様ですね」

佐那は大河の前にすうっと腰を下ろし、黒い瞳(ひとみ)を向けてくる。

「なにかあるんでございまするか……」

大河は生唾(なまつば)を呑(の)み込んで佐那を見返すが、その瞳を長く見つめることはできない。

「気になっていたのです。兄もこのところ気にされています」

「なにをでしょう？」

大河はまばたきをした。

「その召し物です。ずっと着た切り雀ではありませんか」

大河ははっとなって顔を赤らめた。

「傘張りの内職をしているのは存じていますが、暮らしがきつくなっているのではないかと、兄と話をしていたのです」

大河はうつむいた。

「困っていることがあれば、遠慮なくお話しなさい」

おそらく兄重太郎から一度話をしろと言われたのだろうと、大河は推察した。

「困っていることはありません」

さっと顔を上げて言った。

「そう、それならよいのですが、父から贈り物があります」

「は……？」

「兄の手伝いをしていらっしゃるでしょう。いまは父が手を離せないので、兄も忙しくしておりますが、大河殿に助けられていると言っています」

「それは他の師範代の方の助があるからです。わたしはたまにしか手伝っていませ
ん」

「そうかもしれませんが、あなたの指南ぶりを父も兄も気に入っております。少し
お待ちください」

佐那はそう言うと、立ち上がって奥の間に姿を消し、すぐに戻ってきた。畳紙（たとうがみ）で
包んだものを両手で持っていた。それを置くと、

「これをお使いください。遠慮はいりません。父からの心遣いです」

佐那は畳紙をさっと開いた。縞木綿（しまもめん）の反物だった。帯も添えてある。

「これは……」

「高価なものではありません。二枚は作れるはずですから、早速にも仕立てなさい
な」

「こんなことを……」

大河が驚き顔を向けると、佐那は百合（ゆり）の花がほころぶような笑みを浮かべた。

「どうぞ……」

大河は差し出された反物を見つめた。感激していた。

「ありがとう存じます。では、遠慮なく頂戴つかまつります」

こういったとき拒まないのは大河の図太さであるが、相手もその心づもりなので、厚意を無駄にしないことで余計にいい印象を与える。案の定、佐那は素直に受け取ってくれた大河を嬉しそうに眺めた。

「それでよいのです。ところで、面白い人が入ってきましたね」

「何人かいます」

「土佐から来た坂本さんを気に入っておいでのようですね。兄もいいところに目をつけていると感心しております」

「さようですか」

「よく可愛がって育ててあげてくださいまし」

「いえ、稽古をつけながら、わたしは教えてもらっています。佐那様の小太刀にも教わるところがたくさんあります」

「あら、わたしの……」

「なめらかに流れるような動きをなさるではありませんか。わたしはその真似をしようと工夫を重ねているのですがなかなかできません」

「そうでしたか……」

佐那は視線を庭に向けたまましばらく黙っていた。なにか考えているようだ。大河はその横顔に、見惚れたような視線を向ける。

すうっと顔が元に戻されたので、大河はどきっと心の臓をふるわせ、視線を膝許に落とした。

「ならば踊りを習うとよいかもしれません」

「踊り」

大河は目をしばたたく。

「舞です。幸若の舞、歌舞伎の狂言舞などとあるでしょう。ご存じ？」

「は、いえ」

「能の舞も……」

「見たことはありません」

「では、機会を作ってご覧になればよいですわ」

大河は目を見開いて、そうであったかと、唇を引き結んで気づいた。佐那は舞を心得ているのだ。だから、流れが美しいのだ。

大河はそうだったか、そうであったかと、何度も心中でつぶやいた。

反物をもらった大河が、新たに着物を仕立てたのはすぐだった。

やはり新しいものを着ると、心も新たになる気分だ。歩くときも座ったときも自然と、背筋が伸びるようになった。自分勝手な思い込みかもしれなかったが、そんな気がしていた。しかし、問題があった。

生きていくためには内職をしなければならないが、根を詰めると稽古に支障を来す。また稽古量を増やせば、内職が進まない。両立させなければならないが、どうしても稽古の比重が大きく、実入りが少なくなる。そのために質素倹約の毎日だ。

そんな内心の悩みに気づいた男がいた。

五

「山本さん、近頃ぱっとしませんな」

言ってきたのは坂本龍馬だった。

「どういうことだ？」

龍馬は小さく首を振って答えた。

「道場にいるときと違い外に出ると、なんだか冴えない顔をされる。心浮かないという顔を……なにか悩みでもあるのではありませんか」

稽古帰りのことで、二人はお堀の前に立っていた。すぐ先が鍛冶橋で、橋をわたったところに龍馬が寄宿している土佐藩上屋敷があった。大河の長屋はその河岸道を歩いて行った先の西紺屋町だ。

「さようか。たしかにある」

大河はこういったとき素直だ。相手が年下だろうが、なんだろうが拘りはない。

「よかったら聞きましょうか。心が晴れるかもしれません」

「うむ」

うなずいた大河はそばの茶屋の床几に座った。すぐに小女がやってきたので、茶を注文する。

「なんでしょう？」

龍馬が聞いてきたが、大河はどう話そうかと少し考えた。目の前のお堀に夕日の帯が走り、堀向こうの大名屋敷の甍が夕日を照り返していた。

「おれは内職をしなければ、道場に通えない。要するに金がないのだ」

大河は飾ることなく直截に打ち明けた。

「それは困ったぜよですな」

龍馬は他人事のようにつぶやいたが、真剣になにかを考えている様子だ。

「なにか手立てを考えなければならぬが、いい知恵が浮かばぬ。おぬしにこんなことをいったら迷惑であろうが、正直なことだ」

「だったら……」

「なんだ？」

大河は片頬を夕日にあぶられている龍馬を眺めた。

まわりでは蟬たちが鳴いており、茶屋の軒先を燕たちが飛び交っていた。

「出稽古に行かれたらいかがです」

「出稽古……」

「山本さんほどの腕があれば、容易いことではありませんか。師範代の助もなさっているぐらいです。江戸のことはまだよくわかりませんが、土佐にはそんな人がいます。出稽古に行けば、一人一朱はもらえるでしょう。十六人に教えれば一両になります。八人としてもその半分。四人だとしても、大工の手間賃ぐらいにはなるはずです」

「算用が早いな」

「実家が商売をやっちょるんです」

龍馬はときどき砕けた田舎言葉を使う。

「さようであったか。しかし、出稽古となると、先生の許しを得なきゃならん」

「許しをもらったらいいのですよ」

「おまえはあっさりと……だが、そうだな。一度相談してみるのも悪くない」

「是非にも……」

「うむ」

うなずく大河は出稽古について考えた。

江戸には小さな道場が掃いて捨てるほどある。それも金目当てに、名も実力もない師範が道場を経営している。

だが、大河の名は玄武館の門弟には知られていても、一般には知られていない。

（そこが問題だ）

と、大河は考える。

「なにか……」

龍馬が怪訝そうな顔を向けてきた。大河は自分の知名度が低いことを口にした。

「だから容易く引き受けてくれる道場はないだろう。だが、手はある」

「なんです？」

龍馬は興味ありげに目を細める。

「おれより上手の門弟が上に六、七人。いや八人はいるだろう。その八人に勝てばよいわけだ。そう思わぬか」

「そりゃもちろん。しかし……」

「なに、できぬと言うか。おれはやるつもりだ。もうその気になった。八人全員に勝てずとも、五人に勝てば、四天王と言われる。六人に勝てば三羽烏の一人になる」

「たしかにそうでしょうが……」

「やってみなければわからぬことだ。いずれ、おれは玄武館一の門弟になり、いずれ江戸一、ゆくゆくは日本一の剣士になると決めているのだ。そうだ、よし、そうしよう」

大河はぽんと膝をたたいた。

とたん、龍馬が大きな声で笑い出した。ハハ、ハハハと、腹を抱えて笑う。

「なにがおかしい。おれは至極大真面目だ。笑うな」

「山本さんがそんな人だとは思ってもいなかったからです。面白い。じつに面白い」

「こら、人を馬鹿にするな」

「いいえ、いいえ」

龍馬は笑いながら首を振る。

「おれにも大願があります。親には大風呂敷と馬鹿にされちょりますが、おれも大真面目で考えちょることがあるんです」

「なんだ？」

今度は大河が聞いた。

「小さな藩に留まって、ちまちま動くのはつまらんので、この日本という国を動かす男になりたいんです」

「また、突拍子もないことを言うやつだ。日本を動かすだと。幕府はどうする。まさか将軍になるというのではあるまい」

「さあ、それはこれから考えることです」

龍馬はそう言って遠くに視線を飛ばした。大河はその横顔を眺めて、

（こやつ、面白い男だ）

と、思った。

大河は自分が玄武館の四天王、あるいは三羽烏と呼ばれるためにはいかにすべきかを考えた。といっても、要は自分より腕のある上位の門弟と立ち合って勝てばよいわけなのでいらぬ知恵をまわすことはない。

考えなければならないのは、どうやって上位の門弟との試合を組むかだった。相

談する相手として真っ先に浮かんだのが同年の道三郎だ。道三郎で役に立たなければ、当主定吉の代わりを務めている重太郎に直接相談するしかない。

意を決したら即行動に出るのが大河である。その日の朝、仕上げた傘を届けると、その足でお玉ヶ池の道場を訪ねた。

「相談……なんだ？」

稽古(けいこ)支度にかかっていた道三郎は、大河に怪訝な顔を向けた。

道場ではすでに稽古がはじまっており、大音声の気合いや竹刀のぶつかり合う音、床板を踏む音などで喧噪(けんそう)としていた。

「その大事なことです。聞き入れてもらえるかどうかわかりませんが、一刻も早く試合をしたいのです」

「なんの試合だ。ま、よい。表で話すか」

道三郎はうるさい道場では落ち着いて話が聞けないと思ったらしく、表に大河を連れ出し、庭にある床几にいざなった。

「おれは傘張り仕事で食いつないでいますが、いつまでもそんなことをやっているわけにはいきません」

「うむ」

道三郎は真剣な顔で聞く。

「それで内職ではない仕事で、暮らしを立てようと考えたのです。それは出稽古です」

「出稽古……」

「はい、そのためには玄武館で四天王、あるいは三羽烏といわれるようにならなければなりません」

「ふむ」

「そのための試合をしたいんです」

「すると、おまえはおれにその算段をしろと、さようなことか」

「はい」

「切羽詰まったか……」

道三郎は新緑の若葉を茂らせている庭の木々を眺め、しばらく考えた。

「玄武館での試合は父上が決められる。それはまだ先だ。すぐにというわけにはいかぬ」

大河は眉(まゆ)を動かした。

「だが、一計がある」

「なんでしょう……」

大河は道三郎をのぞき込むように見る。

「高柳又四郎さんだ。おまえは高柳さんに会ったことがあると、いつかおれに話したな」

「たしかに――」

「その高柳さんが、男谷精一郎先生の道場で遊んでいると聞いた。男谷先生はいまや幕府のご重役だ。高柳さんは代稽古(だいげいこ)でもしているのだろう。昨夜、父上がそんな話をしていたのだ」

「おれがあの高柳さんと……」

大河は勝光寺に預けられているときに会った高柳又四郎の姿を思い出した。顔ははっきり覚えていないが、かつて中西道場の三羽烏と呼ばれていた人だ。

勝てるかどうかわからないが、相手に不足はない。負けたとしても、高柳又四郎の使う「音無しの剣」という技を見てみたい。

「もし、おまえが勝てば一気に名が上がる。もっとも勝負を受けてくれるかどうか、それはわからぬが……」

「やってみたいです。どうすればよいのです」

「男谷道場は狸穴だ。いきなり訪ねるわけにはいかぬだろうから、書状を出して申し入れてみよう」

「お願い致します」

大河は立ち上がって頭を下げた。


その翌日、飯倉狸穴町にある男谷邸に一通の書状が届けられた。

食客となっている高柳又四郎は、与えられている奥座敷でごろりと横になりうた た寝をしていた。縁側から入る風が頰を撫でていくので気持ちがよく、つい眠気に襲われる。そんなところへ下男がやってきた。

「先生、お邪魔致します」

目を開けて、なに用だと問うと、

「玄武館から書状が届けられました」

そう言って膝行してきて又四郎にわたした。

「玄武館……」

又四郎は半身を起こしてあぐらを掻くと、受け取った書状を眺めた。差出人は千葉道三郎となっている。

（周作殿の三男坊か……ふむ）

封を切って目を通していくと、試合の申し込みである。相手は玄武館で十傑に入る若い門弟だと書かれていた。名は山本大河。

（はて、どこかで聞いたような……）

虚空を見て考えたが、思い出すことはできなかった。

しかし、この時期にめずらしい試合の申し込みである。暇を持て余している又四郎は、さてどうしたものかと考えたが、

「断ればなにを言われるかわからぬか……ふむ」

と、また手紙に視線を戻した。


大河が道三郎に相談をして、四日後のことだった。稽古を終えた大河が汗を拭っていると、道場玄関に道三郎が姿をあらわして大河に声をかけてきた。

「高柳さんから返事が来た」

開口一番に言われた大河は、目を輝かせた。

「それで……」

「受けて立つそうだ。日取りと場所はこっちで決めてくれとのことだ。いかがす

る？」

　言われたとたん、大河は胸を高鳴らせた。自分の人生の命運を分ける試合ができるのだ。

「おれはいつでもいいです」

「ならば十日ほどあとにするか。今日の明日では先方の都合もあるだろうから。それにこっちからの頼みだから、狸穴の道場に出向くことにしよう」

「それで結構です。お骨折り痛み入ります」

「水臭いこと言うな。でも、これは面白いことになりそうだ」

　道三郎は楽しげな笑みを浮かべたが、大河の胸はさらに高鳴っていた。負けられぬ試合が十日後に組まれるのだ。

　翌日から傘張り内職を中断して、ひたすら稽古に集中することにした。

　それは、試合まであと五日という日のことだった。

「異国の船が来た」

「軍艦らしい」

「黒船が襲いかかってくる」

　などという騒ぎが起きたのだ。

道場には鳥取藩の門弟を筆頭に諸藩の子弟が来ている。その者たちが事態の大きさを声高に話をする。

それに合わせたように、槍や鉄砲を担いだ足軽や徒が東海道をぞくぞくと西へ向かっていった。お城からも騎馬が走り出てきて、江戸市中に点在する諸藩の屋敷からも鎧兜といった戦支度を調えた家臣たちが、血相を変えて東海道を上っていった。

騒ぎとなっている異国の黒船は、浦賀に停泊しているという。そこは川越藩が沿岸警備にあたっている場所である。

大河はじっとしておれなくなった。自分が川越の出ということもあるが、異国の船がどんなものであるか見てみたいという好奇心もある。いざとなったら、自分も身を挺して戦ってやろうという勇を鼓しもした。

その日、東海道にあたる日本橋の目抜き通りは騒然としていた。黒船来航の噂はあっという間に広がり、市中には瓦版が舞い交った。

幕府の慌てぶりに顔色を失う者もいれば、夷狄を撃つのだと槍を持ち出す者もいる。かと思えば、戦になったら大変だと家財道具をまとめる者もいた。

情報は錯綜し、なにが真実でなにが作り話なのかわからなくなった。ただ、異国船が浦賀に来たということだけはたしかなようだ。その日の昼過ぎには、江戸湾の周囲に鉄砲隊が配置され、大砲が据えられた。

「黒船はいつ来たのだ？」

道場を飛び出した大河は、町を右往左往している者に聞いた。

「これに書いてあります」

それはくしゃくしゃになった瓦版だった。しわを伸ばして読むと、六月三日のことだった。つまり、昨日ということだ。

（なんのために黒船は来たのだ）

大河はしわくちゃの瓦版を持ったまま、西のほうに目を向けた。

自分の運命の分かれ道になるかもしれない高柳又四郎との試合もあるが、あと五日の余裕がある。

（よし、おれも行こう）

決めるが早いか、大河はそのまま歩きはじめていた。旅支度もなにもないままだ。あるのは腰に差している大小のみである。

（いざとなったらこれで戦ってやる）

刀の柄（つか）をぐいと押し下げ、浦賀へと足を急がせた。

どうやって浦賀へ行けばよいかまったくわかっていなかった。だが、街道には戦支度を調えた諸藩の兵の姿がある。彼らは浦賀を目指しているに違いなかった。そのあとをついていけば自ずと浦賀に着けるはずだ。

黒船来航は、十九歳の大河にとって、人生の岐路に立つ大きな出来事であった。

（二巻へつづく）

本書は書き下ろしです。

大河の剣（一）
稲葉稔

令和2年 8月25日 初版発行
令和6年 5月30日 4版発行

発行者●山下直久

発行●株式会社KADOKAWA
〒102-8177 東京都千代田区富士見2-13-3
電話 0570-002-301（ナビダイヤル）

角川文庫 22295

印刷所●株式会社KADOKAWA
製本所●株式会社KADOKAWA

表紙画●和田三造

●お問い合わせ
https://www.kadokawa.co.jp/（「お問い合わせ」へお進みください）
※内容によっては、お答えできない場合があります。
※サポートは日本国内のみとさせていただきます。
※Japanese text only

ISBN 978-4-04-108913-2 C0193

◆◆◆

角川文庫発刊に際して

角川源義

第二次世界大戦の敗北は、軍事力の敗北であった以上に、私たちの若い文化力の敗退であった。私たちの文化が戦争に対して如何に無力であり、単なるあだ花に過ぎなかったかを、私たちは身を以て体験し痛感した。西洋近代文化の摂取にとって、明治以後八十年の歳月は決して短かすぎたとは言えない。にもかかわらず、近代文化の伝統を確立し、自由な批判と柔軟な良識に富む文化層として自らを形成することに私たちは失敗して来た。そしてこれは、各層への文化の普及滲透を任務とする出版人の責任でもあった。

一九四五年以来、私たちは再び振出しに戻り、第一歩から踏み出すことを余儀なくされた。これは大きな不幸ではあるが、反面、これまでの混沌・未熟・歪曲の中にあった我が国の文化に秩序と確たる基礎を齎らすためには絶好の機会でもある。角川書店は、このような祖国の文化的危機にあたり、微力をも顧みず再建の礎石たるべき抱負と決意とをもって出発したが、ここに創立以来の念願を果すべく角川文庫を発刊する。これまで刊行されたあらゆる全集叢書文庫類の長所と短所とを検討し、古今東西の不朽の典籍を、良心的編集のもとに、廉価に、そして書架にふさわしい美本として、多くのひとびとに提供しようとする。しかし私たちは徒らに百科全書的な知識のジレッタントを作ることを目的とせず、あくまで祖国の文化に秩序と再建への道を示し、この文庫を角川書店の栄ある事業として、今後永久に継続発展せしめ、学芸と教養との殿堂として大成せんことを期したい。多くの読書子の愛情ある忠言と支持とによって、この希望と抱負とを完遂せしめられんことを願う。

一九四九年五月三日

角川文庫ベストセラー